小学館文庫

跳べ、栄光のクワド

碧野 圭

小学館

目次

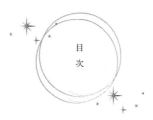

プロローグ

一人暮らしのアパートに帰宅すると、すぐにカーテンを閉めて電気を点《つ》ける。部《へ》屋中《やじゅう》が電気の光に満たされると、私は壁の写真に向かって挨拶《あいさつ》する。

「ただいま、光流《ひかる》くん。あと三日で会えるね」

以前は何も飾られていない殺風景な部屋だったが、ワンルームの壁には、フィギュアスケーターの川瀬《かわせ》光流選手の写真やポスターが、ところ狭しと飾られている。滑っている光流くん、ジャンプしている光流くん、表彰台でメダルを掛けてもらっている光流くん、オフアイスで笑っている光流くん。光流くんのさまざまな瞬間を切り取った写真で満たされている。

三十歳になって、フィギュアスケーターにハマるなんて思ってもみなかった。仕事場とアパートの往復ばかり、単調な生活だった毎日は、光流くんの登場で激変した。仕事以外のほとんどの時間を、光流くんの映像を観《み》たり、ＳＮＳで仲間と光流くんの情報を交換したりして過ごす。

光流くんは日本で、いや世界で最高のスケーターというだけでなく、発言や行動も尊敬できる人。ミーハー的に好きというだけでなく、私の行動の規範になるような存在だ。彼のファンとして恥ずかしくないよう、毎日をちゃんと過ごそうと思っている。だから、前よりも患者さんに優しくしようと心掛けているし、怠けたいな、という時でも『光流くんなら、こういうことはしない』と思って頑張れる。文字通り、光流くんは私の生活を照らす光なのだ。

ファンの間では、次のオリンピックが終わったら、光流くんは引退するだろうとささやかれている。二十七歳という年齢は、フィギュアスケーターとしたら、ピークを過ぎている。既に金メダルと銀メダルを獲得している光流くんは、十分栄冠を手にしている。いつ引退してもおかしくないのだ。

光流くんにとって最後かもしれない今年の全日本選手権大会のショート・プログラムの試合を、私は幸運にも観に行けることになった。しっかりその姿を目に焼きつけておこうと思う。

私は壁際に置いたトートバッグを引き寄せ、中を確認する。一週間前に準備して、チェックするのは何度目だろう。忘れ物があってはいけない。貴重な時間だから観ることに集中したいし、できるだけいい時間を過ごしたい。

双眼鏡
充電器

折り畳みクッション
フリースのひざ掛け
レッグウォーマー
カイロ
携帯用のライトダウン
応援バナー
会場で会った友だちに渡すお菓子

これに、会場でチケットを表示するためのスマホと、温かいお茶を入れたマグボトル、それに途中のコンビニでおにぎりを仕入れる。会場は寒いので、スマートフォンの電池も減りやすいらしい。ちょっと重くなるが、充電器は必需品だ。お菓子は個別包装のもので、ツイッターで仲良くなった友だちに、挨拶代わりに配るものだ。会場ではSNSで知り合った仲間と、ちょっとしたプレゼント交換をする。海外に光流くんの試合を観に行った友人が、その時撮影した写真をくれると言うので、楽しみにしている。

観戦だけなのに、けっこうな荷物だ。会場は寒いと聞くが、初めてなので実際どれくらいなのかはわからない。この夏初めて行ったアイスショーの時にはほとんど寒さを感じなかったけど、冬の全日本選手権の会場は全然違うらしい。だから、着て行くコートだけでは寒かった時のために、いろいろと持っていくのだ。

重くても苦にはならない。あと三日で、やっとやっと光流くんの試合が生で観られると思うと、ドキドキして落ち着かない。


光流くんのファンになったのは、四年ほど前のオリンピックの時だ。その日は入院患者さんたちもロビーに集まってテレビを観ていた。私が勤務しているのは、埼玉《さいたま》にある病院の療養病棟だ。後期高齢者の患者が多く、そのひとりがスケートファンだった。いつもは部屋でテレビを観ているが、今日はみんなと応援したいという。自力歩行が困難な患者なので、看護師の私は車椅子《くるまいす》を押してロビーに向かった。

ロビーは広く、テレビを取り巻くように長椅子が十脚ばかり並んでいる。比較的元気な入院患者十数人が、前の方に陣取っている。テレビは最近大型のものに替わったばかりで、後方からでもよく見えた。私は長椅子の後方に担当患者の車椅子を固定し、自分もその後ろに立った。そこからそれとなくみんなを見ていたが、あまり画面の方には注意が向かなかった。五輪には興味がなかったし、夜勤が続いた後だったのでとても疲れていたのだ。窓からは暖かい陽射《ひざ》しが差し込み、山茶花《さざんか》のつぼみがほころび始めているのが見える。何もしないでぼーっとしていると、立ったまま眠ってしまいそうだった。

川瀬光流の名前がコールされると、患者さんたちは「頑張れー」とか「決めてくれよ」と騒いでいたが、演技が始まる瞬間には水を打ったように静かになった。みんな食い入るように画面を見つめている。その異様な熱気につられて私もつい目を画面に向けた。CMでも観たことがある川瀬光流がリンクの中央でポーズを取っていた。羽を休めるように両手をやや後ろの方に下げ、右足を少し引いている。ピアノの旋律に合わせて顔を上げ、彼が両腕を宙に振り上げた瞬間、衝撃を受けたのだ。

まるで白鳥が飛び立つようだ。

それから一歩、また一歩と静かに氷の上を滑らかに進んで行く。

ただ滑っているだけなのに、目が釘付《くぎづ》けになる。

なんて美しく、優雅なのだろう。

「まずは四回転サルコウ《クワド》」

と、誰《だれ》かが言うのと同時に画面の中の彼が跳び上がった。目にも留まらぬ速さで回転する。その瞬間、彼の周りをきらきら輝く光の粉が舞い散ったように見えた。

幻影かと思って、私はまぶたをパチパチまたたかせた。

ジャンプの着地と同時に彼はくるくると氷の上に小さく円を描いた。ジャンプからの動作が自然で切れ目がない。

「次は四回転トウループと三回転《トリプル》トウループのコンビネーション・ジャンプです」と、アナウンサーが告げる。みんなも固唾《かたず》を呑《の》んで画面を観る。どうやらここが勝負の分かれ目らしい。だが、画面の中の彼はなんていうこともないようにふいに氷の上へと舞い上がり、蝶《ちょう》が翅《はね》を休めるように一瞬氷に足をつけたかと思うと、すぐにまた跳び上がる。

こんなにも人は軽々と跳び上がることができるのか。

「やった！」

と、みんなは喜んでいるが、私はあっけに取られて、ただただ彼の姿を追い続ける。スピンやステップ、ひとつひとつの動作が音楽にぴったり合って淀《よど》みがない。それに指先まで神経が行き届いている。

音楽そのものを三次元に切り出したら、きっとこうなるに違いない。音楽の緩急に合わせて、人の身体《からだ》がこんなにもしなやかに、繊細に動くことができるなんて知らなかった。

時間としたら四分半だったが、一瞬のようにも永遠のようにも感じた。

はっと気がつくと、演技は終わっていた。「よっしゃーノーミス」と、誰かが言う。得点が表示される。高得点だったのだろう、アナウンサーが「素晴らしい得点です」と叫んでいる。

暫定一位。

彼の後もふたりの選手が滑っていたが、私はただ茫然《ぼうぜん》としていた。頭の中では、観たばかりの演技が、音楽が繰り返し流れていた。

そして、残った選手の演技が終わって採点結果が出た。

「川瀬光流、一位、金メダル獲得です！」

アナウンサーの絶叫が響いた瞬間、ロビーに大きな拍手の音が湧《わ》き起こった。私はまだ茫然としていて拍手することもできなかった。

画面越しに川瀬光流が私のこころに飛び込んできたようだった。

いままでも、たまにテレビで流れているスケートの映像を観ていたはずなのに、川瀬光流の姿もＣＭで何度も観ていたはずなのに、なぜ気づかなかったのだろう。これがオリンピックという特別な舞台だったからだろうか。

優勝が決まった時の彼の顔がまた印象的だった。試合中の自信に満ちた姿とは一変して、こみ上げるさまざまな感情があふれ出たように涙する、無防備な、少年のようなその姿。

私はあの瞬間、光流くんに恋をしたのだ。

寝ても覚めても光流くんのことを考えている。仕事中でも彼の泣き顔が脳内にリフレインされている。彼のことを考えると身体中の体温が上がり、胸からエネルギーがあふれる。こんな状態を表す言葉を、恋という以外私は知らない。

その日からしばらくは、動画サイトを漁《あさ》って、光流くんの映像ばかり観ていた。なかでもオリンピックの演技は何度観たことだろう。三十回？　五十回？　何度観ても見飽きることはなかった。

そのうち自分だけで夢中になっているのでは物足りなくなり、光流くんのことを書いたブログをチェックして熟読した。私のほかにもたくさんの人が彼の魅力に夢中になっていて、いろんな言葉で彼のよさを称《たた》える。最近ファンになった私は知らないことも多くて、いろいろとためになる。ツイッターも始めた。ツイッターはテレビ観戦しながらリアルタイムで感想を述べたり、光流くんの情報を交換したりできるのでとても楽しい。光流くんのファンはとても多いのでいろんな人がいるが、気の合う人たちはみな優しくて、いい人たちばかりだ。仕事柄、私がなかなか試合やイベントに足を運べないことを知って、代わりにパンフレットを買ってくれたり、現地だからわかる情報を教えてくれたりする。ろくに名前も顔も知らないのに、光流くんという共通の推しのおかげで、こころが通じ合うというのは不思議だ。それだけ光流くんの放つ愛が大きいのだろう。

正直仕事はしんどい。看護という仕事はやりがいはあるが、ハードワークだし、メンタルを削られることも多い。命が懸かっているから、少しのミスも許されない。勤務中はずっと神経を張り詰めている。それなのに、患者さんやその家族に暴言を吐かれたり、医者や師長に厳しく叱責《しっせき》されることも日常茶飯事だ。師長の南敦子《みなみあつこ》さんは優秀だが、厳しい。この道一筋で来た看護師の見本のような方で、尊敬はできるし、私のことも目を掛けてくださるが、その分甘えを許さないのだ。赤い縁の眼鏡《めがね》越しにキッとにらまれると、思わず身体が縮こまる。

加えて三十三歳という私の年齢から中堅どころの働きが求められ、今年から後輩ふたりの指導を任されるようになった。自分自身の仕事をミスなくこなすだけでも精一杯なのに、後輩の面倒までみるのは苦痛だった。

へこむことがあった時は、以前なら同僚と酒を飲みに行ったり、電話で愚痴を聞いてもらったりしてやり過ごしていたが、いまは「帰ったら、光流くんの新しい写真集が届いているはず」とか「録画したアイスショーの映像が観られる」と思うと、みるみる身体の中に活力が湧いてくる。嫌なことも、そんなに気にならなくなるのだ。

私が川瀬光流のファンであることは、院内では隠していた。いい年をして若いスケーターに夢中になるなんて、と思うお年寄りの患者さんや職員もいるだろうし、それでからかわれたくはなかった。それに、光流くんのことで何か言われたら、我を忘れて語ってしまいそうで怖かった。もともとプライベートな話はあまりしない職場だ。師長の南さんがそういう話は嫌うのだ。私も地味だけど、しっかりした中堅看護師というイメージを大事にしたかった。

職場で唯一打ち明けたのは、同期の日野浩子《ひのひろこ》だけだ。彼女もみんなには隠していたが、いわゆるジャニオタ、つまりジャニーズのあるグループに入れ込んでいるオタクだ。そして「推しがあるっていいことよ」と、私が光流くんにハマる前から言っていたので、私の気持ちをよく理解してくれたし、応援もしてくれた。何かを買うと光流くんの写真がプリントされたクリアファイルが貰《もら》えるプレゼント企画があると、どこの店でやっているかを調べてくれたし、自分でもそれを購入して、貰ったクリアファイルを私に譲ってくれた。私も彼女に協力し、アンケート企画で彼女の推しに投票したりした。私が光流くんを推すようになってから、浩子との関係はいっそうよくなった。

それだけ夢中になっていても、実際にショーや試合を観に行ったことはなかった。光流くんが出場する時はショーでも試合でもチケットがなかなか手に入らないと聞いていた。仕事も忙しいし、チケットが発売される頃《ころ》にはまだシフトが決まっていないので、取れても行けるかどうかわからない。そう思って、生で観るのはあきらめていた。

そんなある日、ツイッターで知り合った友だちから、アイスショーのチケットが一枚余っている、という連絡が来た。ショーの三日前なので、行ける人がなかなかみつからない、と言うのだ。私が忙しくてなかなかショーにも行けないことはみんな知っているのに、それでも声を掛けてきたというのは、よほど譲り手に困っていたのだろう。幸い非番の日だった。会場は東京なので日帰りで往復できる。それで、行くことにしたのだ。

初めて観たアイスショーは華麗できらきらとまばゆかった。光流くんのほかにも日本や海外のトップスケーターが集《つど》っており、試合では見せないようなコミカルな演技や、大胆な演出で楽しませてくれる。光流くんを追いかけるようになって三年、必然的にほかのスケーターにも詳しくなっていたので、ひとりひとりの演技を十分に堪能《たんのう》した。

でも、いちばんよかったのは、やっぱり光流くんだ。彼が登場した途端、会場の空気が変わった。会場中が彼のオーラに包まれるというか、ものすごい緊迫感が彼を取り巻いている感じがして圧倒された。

始まったプログラムは、試合とはまったく違うエキシビションのための演技だった。しかもこの日が初披露。音楽が鳴り出した途端、会場は少しどよめいた。いままでの光流くんの滑ってきたものとは全然違っていたから。最初は雷か何かが鳴るような音が流れ、その後太鼓のような音が交ざる。リズムを刻む太鼓の音に、歌というのか掛け声というのか判然としない音が絡みつく。速いテンポで一定のリズムが続くが、メロディらしいメロディがなく、なんとも不思議な音楽だった。

演技はそれにぴたっとはまり、全体に速いスピードで音楽の疾走感を表現しつつ、掛け声やところどころ入る効果音に合わせてジャンプやステップを決める。音ハメがすごい。それが快感でカッコいい。最初はあっけに取られていた観客も途中から手拍手をし始めた。それはたちまち会場中に広がり、音楽が聞き取れないほどになった。演技が終わった瞬間、みんな総立ちになって、爆発的な歓声を上げた。まるで試合のような興奮状態だった。

あとでその曲は、昔のアニメ映画の『AKIRA』のテーマソングだということを知った。

「光流くんには珍しい曲だね」

「やっぱりアイスショーならではだよ」

一緒に行った友だち三人も、口々に感想を述べていた。場所は会場近くのファミレス。それぞれの席の前には食べかけのガトーショコラと白玉入り抹茶パフェ、パンナコッタ、ハニーパンケーキがドリンクと一緒に並んでいる。スイーツの甘い味よりもさらに甘い記憶に、みんなは浸っていた。光流くんのあのポーズがカッコいい、あの時の笑顔にきゅんときた、挨拶の声が素敵。その日観たばかりの光流くんの甘い余韻を、みんなで反芻《はんすう》していた。その三人とはその日初めて会ったのだが、ツイッター上でやり取りがあったので人となりはわかっているし、お互い光流くんの熱烈なファンだ。とても初対面とは思えないほど意気投合した。ツイッター上でのアカウント名で呼び合い、本名や住所などは特に明かさなかった。それでもここから楽しい時間を過ごすことができた。これも、光流くんの愛がなせる業だ。

「光流くんはどんな曲でも自分のものにしちゃうね。斬新だけど、今日の音楽もとてもよかった」

私が言うと、みんなうんうん、とうなずいてくれる。

「でも、私たち、光流くんが楽しく滑ってくれれば、結局のところなんでもいいんだよね」

誰かが言ったので、みんなどっと笑った。私も笑った。こんなに笑ったのはいつ以来だろう。忙しすぎて、おなかの底から笑うっていうことを忘れていた気がする。

その日は楽しかった。みんなと集まって最後に駅で別れるまでの間、一分も退屈な時間はなかった。こころの洗濯をしたような気がした。あまりに素晴らしかったので、私は初めてのファンレターを光流くんに書いた。

初めまして。浜村麻美《はまむらあさみ》といいます。埼玉の病院で看護師をしています。初めてアイスショーで光流くんの演技を観て、とても感動しました。それで、この感動をお伝えしたくて手紙を書きました。

新しいプログラム、アニメ映画の『AKIRA』の主題歌なんですね。初日に行ったのでなんの情報もなく、音楽が鳴り出した時にはびっくりしました。でも、すぐに引き込まれました。光流くんには珍しい曲でしたけど、斬新で、振付もカッコよくて、すごく興奮しました。私の友だちもみんなよかった、と言っています。光流くんには正統派のクラシックが似合うと言う人もいますが、私はこういう曲も似合うと思います。光流くんはきれいなだけじゃなく、メリハリのあるカッコいい表現もうまいと思います。今回の曲で新しい光流くんの一面を観られたと思って感動しています。

そういえば、まだ今年のプログラムは発表されていませんね。どんな曲になるのでしょうか。友だちといろいろ予想していましたが、今回の『AKIRA』のような曲でも楽しいな、と思っています。でも光流くんのことだから何を滑っても素晴らしいと思いますし、どんな曲でもファンは喜びますのでご心配なく。光流くんが滑って楽しいと思う曲であれば、光流くんがこころから自分で演じたいと思う曲であれば、私たちファンはなんだって満足なんです。

　ところで今日のアイスショー、演技もよかったのですが、これを仲間と一緒に観られたことが嬉《うれ》しかったです。私は看護師なのでなかなかショーにも行けないのですが、友だちがチケットを譲ってくれたので、この素晴らしい時間を過ごすことができました。

　光流くんを知ったことで、光流くんを好きな仲間と繋《つな》がり、職場と家の往復だけだった私の世界が広がりました。こんな素敵な時間を与えてくださった光流くんには、いくら感謝しても感謝しきれません。仕事がたいへんな時は、「これが終わったら、光流くんの録画が観られる」と思って頑張れるんです。光流くんは、私の活力の源です。

　なので、できるだけ長く光流くんが滑り続けてくださることを祈っています。勝っても負けてもかまわない。光流くんがリンクに立ってさえいてくれれば。光流くんが怪我《けが》無く、自分の納得がいく演技ができますように。

　それを毎日祈っています。


　いままでの人生でファンレターというものを書いたことがない。だから、こういう書き方でいいのかわからなかったが、毎日思っていることなので、意外とすらすら言葉が出た。光流くんは大人気だからファンレターも多いし、自分で目を通す時間もないくらい忙しいだろう。

だけど、もし何かの折に光流くんがこれを読んでくれたら、どんなに嬉しいだろう。私の拙《つたな》い文章でも、くすっと笑ってくれたり、ちょっと気持ちが上がることがあるかもしれない。それを想像するだけで、こころが温かくなる。いつか目を通してくれるといいなあ、と願っている。


アイスショーに行ったことで勢いづいて、今度は試合を観に行きたい、という気持ちがむくむくともたげてきた。今季は五輪シーズン。二十七歳になる光流くんはオリンピックが終わったら、引退するだろう。その前に一度だけでも、生で試合を観戦したい。それにはもう時間がないのだ。

光流ファンの仲間の中には「海外の方がチケットも安いし、いい席で観られるから」と、海外までわざわざ観に行く人もいる。私にはそんな金銭的なゆとりはないし、長期で休みを取るのも難しいので、最初からあきらめていた。

国内で光流くんの試合を観られるのは、NHK杯か全日本くらい。今年のNHK杯に光流くんはエントリーしていないので、唯一会えるのは全日本選手権なのだ。しかも今年の全日本の会場は、さいたまスーパーアリーナ。うちからも電車一本で行ける場所。だったら宿泊の必要はないし、翌日の仕事に差し支えることもない。

これはもう、行くしかない。チケットが当たれば、だけど。

それで初めて、全日本選手権の男子ショートの試合のある十二月二十四日と、フリーのある十二月二十六日のチケットを申し込んだ。行けるとしても一日だけだけど、二日両方とも当選することはまずない、と聞いていたので、両方に申し込みをした。もし、両方当選したとしたら、無理やり理由をでっちあげて休ませてもらおう。ずっと真面目《まじめ》に働いて来たのだ。それくらいは許されるだろう。

申し込みのやり方は簡単で、販売サイトに必要事項を記入してぽちっとするだけなので、あっけないほどだ。だけど、同じように申し込む人は何万人もいるだろう。倍率はどれくらいになるだろうか。

「当たりますように」

私は手を合わせて祈った。

その願いが通じたのか、それともビギナーズラックだったのか、当選メールが届いた。職場の休憩時間にそれを目にして、思わずわあっと声を出してしまい、ごまかすのに苦労した。チケットは十二月二十四日の分、ショート・プログラムの日だ。フリーならもっとよかったけど、入れるだけでもありがたい。嬉しさのあまり、泣きそうだった。ここ数年、忙しくて彼氏もできない自分への、クリスマス・プレゼントだと思った。

アリーナはとても買えなかったし、安い席の方が当たりやすいと聞いたので、スタンドAという二階席を申し込んでいた。リンクからはうんと遠くの方になるが、それでもとても嬉しい。試合の瞬間その場にいて、光流くんと同じ空気を吸って、光流くんを好きな人たちとみんなで応援できるのだ。同じところで歓声を上げ、同じところで拍手する。演技が終わったら立ち上がってバナーを掲げるのだ。

このためにバナーというものを自分で作ってみた。スケート会場でみんなが掲げている、選手の名前やイラストの入った応援グッズだ。業者に注文することもできるらしいが、きっとそれは高いだろう。安い布を買い、久しぶりに裁縫箱を出した。光流くんのイメージカラーであるブルーに「HIKARU　GO!」という白いフェルトを切り抜いた文字を載せただけのシンプルなものだ。

会場で何かアピールしたい。自分なりのメッセージをリンクの真ん中にいる光流くんに届けたい。バナーはたくさんあるだろうし、私のちっぽけなバナーなんて目に留まらないかもしれないけど、私はここにいる、という証《あかし》になるのだ。

そういう強い想いがあったので、苦手な針仕事をすることも苦にならなかった。それどころか、ひと針ひと針縫っていくのが楽しかった。光流くんのために何かすることが、ただ嬉しかった。

幸い、早めに希望を出したので、その日のシフトは外してもらえた。十二月二十四日の午後から予定がある、と師長には打ち明けた。師長はプライベートなことは詮索《せんさく》しないので、特に理由を聞かれることもなく、私の希望を通してくれた。主任の三木《みき》さんは毎年のように「クリスマスは彼氏とデート？」なんて聞いてくるので、ちょっと鬱陶《うっとう》しい。今年も聞かれたので「何もないですよ。イブはひとりでテレビ観て過ごします」と言っておいた。知りたがりのところがなければ、三木さんもいい人なのだけど。

シフトは二十三日に夜勤が入り、二十四日の朝に終わる。夜勤明けだから、二十四日の昼から、二十五日の丸一日がお休みになる。夜勤明けの観戦はちょっとつらいが、光流くんに会えるのだから平気だろう。それに観戦の翌日も、その余韻に浸っていられるのは嬉しい。試合の前日はわくわくして眠れそうにないから、前日の夜勤はかえっていいのかもしれない。

浩子も自分のことのように喜んで、「体調だけは整えるのよ。自分の具合が悪くなったら、とても観戦どころじゃないからね」と言ってくれる。以前、ライブの直前に高熱が出て、ドタキャンしたことがあったのだそうだ。それを聞いてからは、いつも以上に体調には気をつけてきた。人混みを避け、疲労が溜まらないように飲み会のお誘いも断った。おかげで体調は絶好調だ。

私はトートバッグのファスナーを閉めた。これで準備は完璧《かんぺき》だ。試合まで三日。

あとはもう祈るだけだ。

光流くんが元気で、怪我などしませんように。

全日本で、彼の望む演技ができますように。

心の中で唱えながら、会場のある東の方に向かって私は手を合わせた。壁の写真の光流くんが、私に向かってにっこり笑ったように見えた。

第一章　ジャッジ

――今日から全日本選手権大会。選手も次々会場入りしています。この大会のために一年間頑張って来た選手たちが、みんな思う存分力を発揮できますように。怪我《けが》やトラブルなく、無事に大会が終わることを願っています。

神谷紀久子《かみやきくこ》はスマートフォンを使って書き込み、送信した。ツイッターにそれが反映されるとすぐにリプライが付く。

――選手たちが頑張っても、公明正大なジャッジが行われなければ試合は台無しです。特定の選手を貶《おとし》めるような、不当なジャッジがなされないことを願います。

紀久子は溜息《ためいき》を吐《つ》く。一見あたりまえのことを言っているようで、実は『ジャッジが信用できない。ちゃんとやれよ』と責めているのだ。たぶんこれは川瀬光流《かわせひかる》の熱狂的なファンなのだろう。次のリプライが付いた。

――あなたが男子のジャッジの担当にならないことを祈っています。

やれやれ、暇な人たち。私がコメントを書き込むのを待っていたみたい。一日中ツイッターに張りついているのかしら。

嫌がらせのようなリプライが付くようになったのは、今年春の世界選手権以来だ。

その大会で、ISUジャッジの資格を持つ紀久子は男子フリーのジャッジを担当していた。みごとな試合だった。シーズン最後の大きな大会、しかもオリンピックの国別出場枠が懸かっていたので、最終グループの六人はみな気合の入った演技を見せた。川瀬光流も、彼本来の持ち味、優雅なスケーティングと華麗なジャンプで観客の間にエモーションを起こし、会場は興奮のるつぼと化した。演技が終わると「うわー」と怒濤《どとう》のような歓声が響き、ほとんどの観客が立ち上がり、拍手と歓声で選手を称《たた》えた。膨大な数の花やぬいぐるみが客席から滝のように投げ入れられ、氷の上のフラワーガールが右往左往していた。

しかし、光流は優勝できなかった。二十点以上もの大差をつけられて、カナダの天才ジャンパー、ジェレミー・リュウに敗れた。そして、その点差と順位に、光流のファンは激怒したのだ。

——あれは不当なジャッジ。光流くんが可哀《かわい》そう。

——どうしてリュウのPCSが光流くんより高くなるの？　おかしいじゃない。

——リュウのあのロボットみたいなステップがレベル4で、光流のあの優雅なステップがレベル2なんてどう考えても変。ジャッジはどこに目をつけているんだろう。

光流よりもリュウのPCS、つまり演技構成点を高くつけた、ということで、紀久子はファンに非難された。フィギュアスケートの採点は、技術点と演技構成点の両方の合計で決める。技術点はそれぞれのエレメンツ（技術要素）、つまり三回転《トリプル》アクセルなら何点、キャメルスピンなら何点と基礎点が決まっていて、その出来栄えに応じて加点が加わる。

もうひとつの演技構成点は、エレメンツだけではわからない演技の繋《つな》ぎの良し悪《あ》しや、音楽についての解釈など、どちらかといえば芸術面での評価で採点される。

技術点の加点と演技構成点については、ジャッジの判断で決まるのだ。といっても、好き嫌いでつけるわけではなく厳密な判断基準があるのだが、そこが素人にはわかりにくい。

——神谷紀久子はリュウに味方している。

——カナダのジャッジはリュウに思いっきり加点しているのに、日本のジャッジが味方してくれないんじゃ、光流くん、可哀そうすぎる。

——神谷紀久子はカナダに買収されている。

ありとあらゆる罵詈雑言《ばりぞうごん》がネット上にあふれた。採点に対する不満だけではない、容姿やファッションについてまで罵倒の対象になった。

やれやれ、と紀久子は嘆息する。ルールブックをちゃんと読め、と言いたい。彼女たちはそれも読まずに印象だけで批判するのだ。確かに光流の演技は素晴らしかったし、観客も沸かせた。だが、ジャッジの目で見ると、光流の演技には意外と取りこぼしがあった。ステップの時のクラスター、つまり三つの連続ターンがうまく入らなかったし、シットスピンの腰の位置も高かった。この選手には珍しく足換えの時のエッジが正確ではなかった。優雅に見えて、実は細かい部分が荒かった。いまのルールに則《のっと》れば、あの時の点数は妥当だ。さらに技術が正確でなければ、PCSつまり演技構成点だって伸び悩む。それでもずらっと九点台が並んでいたのだから、そんなに低くはない。

　一方でリュウはすごいスピードで氷上を移動しながらも、アイスダンスの選手のように正確に氷の上でステップを刻んでいた。スピンのポジションも多彩で足換えもスムーズだ。四回転《クワド》キングと言われるくらいジャンプが印象的な選手だが、実はそれ以外の部分でも高い技術を見せつける。腕や脚の使い方も計算されている。光流のような優雅さはないが、いまの若者らしいシャープでスピーディな演技は見ごたえがある。光流よりもこちらの演技を好きだと言う人だって、少なからずいるだろう。

　もともと技術の基礎点だけを比べれば、光流よりリュウの方が高いのだ。光流にはできない四回転ルッツ・ジャンプやフリップ・ジャンプのコンビネーションを楽々こなせるから、それはどうしようもない。技術で抜きんでる選手が、結局は試合を制する。それはフィギュアの歴史でずっと続いてきたことだ。

毎回試合が終わると、それに関《かか》わったレフェリー、ジャッジ、テクニカルコントローラーが集められ、ディスカッションをする。そして、その試合のジャッジをチェックして、意見の分かれた採点や、ほかのジャッジとかけ離れた点数がついたものについて話し合う。世界選手権男子フリーの採点に関しては、特に揉《も》めることはなかった。問題になったのは光流やリュウの採点ではなく、五位の選手のちょっとしたミスについての減点が適切かどうか、ということだった。

ディスカッションはなごやかだが真剣に行われる。レフェリーやテクニカルコントローラーが議事進行し、意見が分かれる時は映像を参照しながら、正しいジャッジが行われたか、お互いの見解に齟齬《そご》がないかを確かめ合う。時にはミスもあるし、見落としもある。だが、いまのジャッジシステムでは順位が入れ替わるほどの大きなミスは生まれないし、ジャッジの個人的な感情で特定の選手の点を操作しようとしても不可能だ。

採点に関わるのは一人二人ではない。テクニカルパネルと呼ばれる技術に関して担当する人たちが五人、エレメンツごとのGOE（加点）と演技構成点を担当するジャッジが最大九人いて、さらに採点に関する責任者であるイベントレフェリーがいる。ジャッジの部分には個人の主観が入ってくると思われがちだが、全員の意見がそのまま得点に反映されるわけではない。九人の採点のうち最大値と最小値を除いた七人の得点を平均化したものがその選手の得点になる。つまり、誰《だれ》かがある特定の選手に不当に高い点や低い点をつけたとしても、弾《はじ》かれてしまう。それに、もしおかしな採点をしたと判断されたら、そのジャッジには警告が出されてしまう。それくらい厳格なのだ。

紀久子自身は警告を出されたことはない。常に公正なジャッジをしてきたと胸を張って言える。

個人的な感情で言えば、紀久子だって日本の選手に頑張ってほしい。高い得点を出してほしい。とくに川瀬光流には。だが、そのために点数を操作しようとは思わない。それは真剣勝負をしている選手に対して失礼だ。正当なジャッジで評価されてこそ選手の勝利にも価値があるし、誰より光流自身がそれを望むだろう。

紀久子自身が光流をどれほど高く評価しているか、ということを口にしたことはない。ごく私的な感情だし、自分がコメントを求められるのは国際ジャッジとしてだから、どの選手もフェアに見てそれぞれのよさを語るようにしている。

だけど、本音を言えば、光流は自分にとって特別な選手だ。ファンよりもずっと前から光流を見てきたし、彼の活躍に感謝している。なぜならずっとフィギュアの世界に生きてきた紀久子が、誰にも言えずに抱えていたある鬱屈《うっくつ》を、彼はもののみごとに晴らしてくれたのだから。

「神谷さん、聞いた？　光流のこと」

　連盟の理事をしている間瀬孝之《ませたかゆき》に話し掛けられて、紀久子は我に返った。全日本選手権のジャッジが参加するファースト・ジャッジズ・ミーティングが終わって、会議室から公式練習のあるリンクの方に移動しているところだ。

　間瀬は同世代で、かつては男子シングルの全日本チャンピオンだった。一緒に国際試合にも出場したことがある。その頃《ころ》はすらりとして女性人気も高かったが、いまは貫禄《かんろく》がついて、おなかも前に突き出している。頭にも白いものが多いので、六十歳という年齢より老けて見える。

「公式練習を欠席するそうですね。風邪を引いたので、今日は休みたいのだとか」

「珍しいですね。彼らしくない。よほど風邪がひどいのでしょうか？」

　いま終わったミーティングでもその話が出た。いちばん注目を集める選手なので、ジャッジたちの関心も強い。

「さあ。インフルエンザの疑いもあるんで、大事を取るらしいけど」

「ほんとうなんですか？　まさか怪我したとかじゃないですよね」

　光流は昨年のグランプリシリーズの公式練習中に転倒して足を捻挫《ねんざ》した。それで、昨年の全日本選手権を休むことになったのだ。今回も実は怪我をして、それを隠しているんじゃないか、と紀久子は懸念している。

「わからない。光流のところは秘密主義だから」

アマチュア選手だが、光流には複数のスポンサーがついている。CMだけでも何社も契約している。光流個人がひとつのビジネスなのだ。数年前から光流サイドでは個人事務所を作り、スケジュールをコントロールするようになった。日本スケート連盟も光流と直接やり取りするのではなく、マネージャーを通して行うことになっている。

「試合には出ると言っているんでしょう？　ミーティングでは欠場する選手の中に光流の名前は入ってなかったですから」

「まあ、風邪くらいで休んだりはしないでしょう。二年連続欠場ってわけにはいかないですから」

昨シーズンは川瀬光流が年末の全日本選手権を欠場したにも拘《かか》わらず、年明け三月の世界選手権の代表選手に選ばれた。そのことについては内外から批判があった。光流を特別視するわけにはいかない、という意見は連盟内部でもあったのだ。しかし、世界ランキング一位の光流は代表に選出され、結果も日本選手中最高位の二位だったから、実力で批判を封じ込めることになった。

「だけど、公式練習を休むというのも不思議ですね。氷の感触くらい確認したいでしょうに」

紀久子が言うと、間瀬はふん、と鼻を鳴らした。

「練習をしなくても、全日本くらいなら自分は勝てるって思っているんじゃないですか？」

間瀬は光流に対して辛口だった。光流はいつも自信に満ちた言動をしている。それは自分自身を鼓舞するためのポーズだったが、年長者からは生意気に見えることもあるのだ。

「まさか、いくらなんでもそんなことは」

「どっちにしても、八木《やぎ》さんはマスコミ対応に大わらわですよ。光流が公式練習を休んだだけでも大騒ぎですからね」

日本スケート連盟には広報担当はいない。そもそもが非営利団体であり、専従のスタッフはほんの数人の事務職しかいなかったから、専属の広報に人手を割くゆとりはなかった。近年フィギュアスケートへの注目が高まり、ちょっとしたことでも記事になりやすいので、ジャッジはマスコミの取材は受けないように、と厳命されていた。ことに川瀬光流の件については。今回のことで強化部長の八木はさぞキリキリしているだろう。

「抽選会も欠席するんですか？」

「そうらしい。マスコミは光流が出ないことに、大ブーイングだそうだよ」

紀久子は苦笑した。光流はアメリカに滞在していて、滅多《めった》に表には出てこない。それに、プライベートで写真を撮るとなると肖像権の問題が出てくるが、全日本の行事の中であれば報道ということで撮影は自由だし、掲載するのも許可はいらない。だから、試合期間中カメラはずっと光流を追いかけまわしていた。彼らは撮るべき被写体が現れないので、さぞいらだっているだろう。

「明日の公式練習には出るんでしょうか？」

明日はアイスダンスのリズムダンスと女子のショート・プログラムがある。男子は試合がなく、公式練習のみ行われる。

「まさか、こっそり別の場所で特訓しているんじゃないでしょうね」

「ないない、そんなこと。そもそもコーチのジャクソンはホテルにいるんだ。さっきロビーでうろうろしているのを見たよ。練習ならふたり揃《そろ》って消えるだろうから」

間瀬の思わせぶりな言い方に、紀久子は引っかかりを覚えた。間瀬は強化部長の八木と懇意にしているし、この大会の運営の責任者でもある。だから、自分の知らないことも知っているのかもしれない。

「それはそうだけど……まさか、光流がひとりで消えたとか？」

冗談のつもりだった。しかし、間瀬は黙ってうなずいた。

「ほんとに？　なんでそんな」

思わず声が震えた。

川瀬光流が試合の二日前に失踪《しっそう》？

ありえないことだ。あんなに勝負にこだわる子が、大事な試合の前にいなくなってしまうなんて。

「わからん。昨日はちゃんと現地入りしているんだ。大勢引き連れてな」

「ええ、それは私もテレビで観《み》ました」

いつものように大勢のマスコミや関係者に取り囲まれて、その真ん中で微笑《ほほえ》んでいる光流の映像を観た。

『昨年出場できなかったから、今年は気合を入れてここに来ました。出るからにはトップを目指します』

そう力強く語っていた。それなのに、なぜ？

ふと空気が薄くなったような気がした。うまく息が吸えない。

「いつからいなくなったんですか？」

「わからん。今朝がた電話しても返事がないので、いないことが発覚したらしい」

「それ、たいへんなことじゃないですか。黙っていていいんですか？」

「置手紙があったそうだ。『必ずショートまでには戻るから、探さないでください』って書いてあったらしい」

「母親だけは、行先を知っているのでしょうか？」

それでもおかしくない。光流のいるところに常に母親はいる。ノービスと呼ばれる最年少のカテゴリーの頃からどんな試合にも母親はついて来た。海外の試合はコーチにまかせる親が多い中、光流のケースは目立っていた。過保護すぎると陰口を叩く者もいたくらいだ。

「いや、光流の失踪を知って、いちばんショックを受けたのは母親らしい。卒倒して、そのまま寝込んでしまったそうだ」

「母親が知らないいんじゃ、コーチも知りませんよね」

だとすると、本当にひとりでいなくなったということだ。

なぜ、いまの時期に？

日本中に顔を知られているのに、どこに隠れた？

「ジャクソンは怒っていたよ。八木さんを呼び出して、すぐに彼を探してくれって詰め寄ったんだけど、それを母親が止めたんだ。『光流が戻るというからには、必ず戻ります。だから、騒ぎを大きくしないでほしい』って。あの母親に言われたんじゃあ誰も逆らえないし、確かに騒ぎが大きくなっても面倒なだけだ。マスコミが書き立てたら、光流も戻るに戻れなくなるかもしれない。だから、今回の件はできていることになったんだ」

「だったら、私がこの話を聞いてもよかったのかな」

いっそ知らない方がよかった。こんな大きな秘密を抱えて、ずっと平気な顔をしているのはつらい。

「紀久ちゃんならうかつにしゃべったりはしないだろ。それに、連盟の理事くらいは知っていてもいいんじゃないの？　この試合の運営に骨折っているんだからさ」

「ありがと、信用してくれて」

連盟に深く関わっているフィギュアの人間は、みな昔からの顔なじみだ。もともとフィギュアをやる人間は絶対数が少ない。現役の頃は試合で顔を合わせるメンバーはだいたい決まっているし、カテゴリーが違っても一緒に遠征に行ったり、夏期合宿などで一緒になったりするから、自然と同世代とは親しくなる。さらに現役引退後もフィギュアに関わる人間は限られているから、ますます関係は密になる。これは日本に限らず海外の関係者とも同じだ。スケート・ファミリーという言葉があるが、それはそういう長年の関係性から生まれるものなのだ。

「それにしても、光流はなぜ失踪したのでしょう？」

およそ失踪なんて似合わない子だ。誰が失踪したとしても、川瀬光流だけは逃げ出さない。それくらい紀久子は光流のことを信じていた。

「さあ、天才の考えることは、我々凡人にはさっぱりわからん」

「やっぱり怪我が原因なんでしょうか。昨年の怪我が治りきってなかったのかな」

「怪我よりもジェレミー・リュウのことがショックだったんじゃないの？　前回の世界選手権は勝つ気満々だったみたいだし」

「それはない、と思います。そんなに弱い子じゃない。光流はそれを励みに練習していたと思いますよ」

「それはそうでしょうけどね。世代交替は確実に押し寄せているからな」

間瀬の言葉には棘《とげ》がある。もともと光流に対して好意的ではなかったし、よけいなことをしてくれた、と思っているんだろう。

「我々がそれを言ったらまずいでしょ」

「おっと、そうですね。まあ、光流が早く戻ってくることを僕だって願っていますよ。ほかの選手だって、光流と試合できるのを楽しみにしているだろうし」

「いまの段階で、我々にできることは何もない、っていうことですね」

「そういうこと。もし、ショートの日までに戻らなかったら、我々は相当責められるだろうけどなあ」

「光流を信じましょう。いまはそうするしかない」

間瀬はやれやれ、というように首を振った。

「じゃあ、そろそろ僕は部屋に引き上げるか。この試合に来るために先週からずっと残業していたのに、早朝から叩き起こされたからさすがにキツいわ。一時間だけ寝てくるよ」

　間瀬の本業は不動産鑑定士だという。親の後を継いだ会社にはほかのスタッフもいるから、この時期でも都合はつけられるものの、年末に何日も仕事を休むのは相当たいへんだろう、と思う。

「そうしてください。休める時に休んでおかないと。これから五日間、間瀬さんも大忙しですから」

　間瀬と別れ、紀久子はリンクの方へと向かう。いまの時間はアイスダンスの公式練習の最中のはずだ。今回の試合で紀久子はアイスダンスを担当してはいなかったが、時間があればダンスの練習も観たかった。

　リンクに着くと、ちょうど初出場の若いカップルの曲かけ練習が始まったところだった。

　曲は『ウインナ・ワルツ』。今年のダンスの課題はワルツだ。

　ああ、なつかしい。

　瞬時に若い頃の記憶がよみがえる。もう半世紀近く前、紀久子が初めての国際試合に出場した時、この曲で踊ったのだ。

初めての海外ということで緊張していたし、ひとつひとつのことが強く印象に残っている。初日の公式練習、コーチに呼ばれて言われたのだ。

「あそこにジャッジが立っているから、気を抜かないでね」

コーチが目で示した方向に、厚いコートで着膨れしたふたりの男性が立っていた。

「わかりました」

そう返事したものの、急に動悸《どうき》が速くなった。パートナーの手を握った時、相手も緊張していることがわかった。当時は旧採点法の時代。現在よりジャッジの心象が採点に強く反映した。練習でいい演技をジャッジに見せられれば、いい印象を与えることができる。逆も然《しか》り。だから、練習でもいいところを見せなさい、とコーチには言われていた。

なので本番と同じように笑顔を浮かべ、懸命に滑った。片足ターンで少し乱れたが、まあまあのできだった。コーチにも「とてもよかったわ」と、褒められた。

その日の午後、バックヤードでストレッチをしていると、見覚えのあるふたりの男性がその後ろを通り過ぎて行った。朝見掛けたジャッジだと思った。いかにもゲルマン系というような金髪の男性と、ラテン系の顔立ちのふたり連れだった。

「あの日本人カップルはどう思いました」

「ウインナ・ワルツのか？」

自分たちのことだ、と紀久子はどきっとした。知らん顔してストレッチを続けるが、耳はふたりの会話に集中している。

「そう。悪くないと思ったのだけど」

「技術的にはまあまあだけど、やっぱりアジア人だし、優雅さが足りないね」

ゲルマン系の顔立ちの男がちょっと馬鹿《ばか》にしたような口調で言う。言葉の内容よりも、その態度に紀久子は傷ついた。

「彼らにワルツを滑りこなせというのは、ちょっと酷かもしれない」

その時のふたりの笑い交じりの声を、四十数年経《た》ったいまでも紀久子ははっきり覚えている。アジア人には、ワルツを滑りこなせないとジャッジに思われていることとは、相当なショックだった。

アジア人には優雅さが足りない。何をもってそう断言するのだろう。人種で滑りが決まるというなら、私たちが試合に出る意味がないじゃないの。

自分の姿にジャッジが気づいていたかどうかはわからない。気づいていたとしても、日本人には言葉がわからないと思ったのかもしれない。

だが、紀久子は三歳から十二歳まで親の仕事の都合でアメリカで育った。現地の学校に通い、スケートの基礎もアメリカで習った。むしろ英語の方が達者なくらいだった。だから、早口の会話も聞き取ることができたのだ。

旧採点法では技術点と芸術点のふたつの角度から採点されていたが、現在とは異なり相対評価で、ほかの演技者との比較で順位がついた。6・0が満点だったが、その内訳は選手たちにはわからなかった。

そして、紀久子たちの演技は芸術点が伸び悩んだ。国内試合では無敵だったが、国際試合では結果を残せなかった。それがなぜなのか、ジャッジが言うように優雅さが足りないためなのか、優雅さというのはどうやれば身に付くのか、紀久子にはわからなかった。ジャッジは絶対だ。ジャッジの意見に疑問を持ったら、フィギュアスケートというスポーツは成り立たない。そう思ってはいたが、国際試合での点数を見るたびに、紀久子の胸にざわざわと波立つ想《おも》いを抑えきれなかった。

紀久子が大学卒業と同時にスケートをやめたのは、当時のスケーターがみなそうだったということもあるが、言葉にならない澱《おり》のようなものが自分の中に溜《た》まっていくのが嫌だったからだ。大好きだったスケートを大好きなままで終わらせようと思った。スケートから完全に足を洗い、いままでやりたくてもできなかったことをやってみることにした。親のコネで就職した大企業でOLとして働きながら、習い事をしたり、合コンに参加したりして、遅れてきた青春を楽しんだ。

二十四歳の時、友人の紹介で知り合った男性と結婚し、寿《ことぶき》退社。夫は大手自動車メーカーの営業マンで、結婚するとすぐに名古屋転勤が決まった。そして、知り合いが誰もいない土地での生活が始まった。しばらくは引っ越しの後の雑務などで気ぜわしかったが、それが一段落すると暇になった。夫は朝出ると深夜まで帰って来なかったし、周りに友だちも親戚《しんせき》もいないので、会話する相手もいない。

そんなある日、あてもなく近所を散歩していて、スケートリンクがあることに気がついた。ふいに懐かしさがこみ上げてきて、リンクの扉を押した。貸靴を借り、館内の売店で手袋を買って、氷の上に出た。氷に乗るのは三年ぶりだったが、すぐに身体《からだ》は氷になじんだ。気がつくと、地上を歩くよりはるかに自在にリンクの中を回っていた。

「紀久子さん？」

後ろから誰かに声を掛けられた。振り向くとそこには選手時代の先輩が立っていた。シングルとアイスダンスと種目は違ったが、試合で何度も顔を合わせているので、よく覚えている。

「上手な人がおるな、と思って顔を見たら、紀久子さんだったたんでびっくりしたわ。久しぶりね。いま、何しとるの？　スケートは続けとる？」

そうだった、この人は名古屋出身だった、と紀久子は思い出した。言葉に名古屋なまりがあるのは、昔と変わっていない。

「結婚して、夫の転勤でつい最近こっちに来たところ。いまは何もやってないわ」

するとと、先輩は目を輝かせて言ったのだ。

「だったら、スケートの仕事、手伝ってくれない？」

愛知県はスケートの盛んな土地で、選手育成にも力を入れていた。先輩も愛知スケート連盟の一員だった。紀久子は最初コーチになることを勧められたが、転勤族では無理だと思い、連盟の仕事を手伝うことにした。夫もそれを歓迎した。

「ひとりで俺の帰りをただ待っていても退屈だろう。子どもが生まれるまでは、好きなことをやればいいよ」

そうしてボランティアで試合の運営を手伝ったり、体験教室の指導をしたりするうちに、紀久子はジャッジの数が足りないことに気がついた。ジャッジの仕事は試合の時だけではない。選手たちの進級試験であるバッジテストの審査も請け負う。だが、受験者の数に対してジャッジが少ないから審査の回数も少なく、岐阜や三重からもわざわざ名古屋まで受験に来る人がいるほどだった。だったら、自分がジャッジの資格を取ろう、と紀久子は思ったのだ。

「いいんじゃない？　ジャッジってカッコいいよ」

何事も夫の許可を得てから、と当時の紀久子は思っていたので、まず夫に相談した。夫は今回もすぐに賛成した。

「それに、ジャッジの資格があれば、ほかの土地に引っ越してもやることができるし、子育てで休んでも、また戻ってくることができるんだろう」

「まさか、もう別のところに転勤するの？」

「そろそろ三年経つからね。いつ辞令が出てもおかしくないさ」

ふいに寂しさがこみ上げてきた。三年経って、この土地にもなじんできた。知り合いも増えたし、なじみのお店もいくつもできた。最初は甘辛くて食べられないと思った味噌《みそ》カツも、おいしいと思うようになってきた。何より連盟の仕事で知り合った人たち、特に選手たちといずれ別れるのかと思うと悲しかった。選手たちのためにリンクを借りてその練習を見守ったり、試合やバッジテストのスタッフをしたりしていたので、愛知県の選手たちの顔はみんな覚えていた。選手たちも自分のことを覚えていて、会えば挨拶《あいさつ》をしてくれる。この三年で、続けている子はどんどん成長している。紀久子自身には子どもがなかなかできないので、選手たちは自分の子どものようにかわいく思えていた。

「どこに引っ越したとしても、ジャッジとしての資格があれば、また試合で子どもたちに再会できる」

その想いが、ジャッジの資格取得の熱意に火を点《つ》けた。ルールブックを片時も離さず、寝る間も惜しんで読みふけった。

　夫の言葉通り、一年経たずに名古屋から福岡への転勤が決まった。転勤の前日に、紀久子はT級ジャッジの合格通知を受け取った。福岡に引っ越すとすぐに福岡スケート連盟に所属し、ジャッジの仕事も始めた。福岡にいる間に、全日本の地方予選であるブロック大会のジャッジができるB級を取り、次の赴任地の金沢で東日本・西日本選手権のジャッジができるA級の資格を取った。全日本選手権のジャッジができるN級の資格を取ったのは、仙台にいる時だった。

　ジャッジの資格を取ったことで、選手たちとの関わりが少し変わった。バッジテストでは何が求められるか、どうすれば評価が高くなるかがわかるので、選手たちにも伝えることができる。コーチとはまた違った側面から、選手たちの成長の手助けができる。それはとてもやりがいのあることだった。

　ジャッジの勉強をするうちに、自分が選手時代に疑問だったことが、だんだんわかるようになっていった。ジャッジの心象に負うところは確かにあるが、それぞれの採点には一定の基準がある。それをきちんと理解すると、納得できることも多い。選手時代に抱いていた小さなこころのささくれのようなものが、学ぶにつれて少しずつ癒《い》えていくような気がした。それで、ますますジャッジの勉強にのめり込んだ。

「へえ、じゃあ全日本選手権のジャッジができるんだ。だったら、テレビに映るかもね。紀久子がスケートの世界で頑張っているのは、俺も誇らしいよ」

紀久子がN級合格を告げると、夫はそう言って喜んでくれた。紀久子がジャッジの仕事にのめり込んだのは、寂しさもあったからだ。夫の仕事は忙しく、連日午前様だった。休日は接待ゴルフか一日中寝ているかのどちらかだった。子どもはできなかった。不妊治療をやってみたい、と紀久子は思ったが、夫は反対した。

「子作りなんてプライベートなことを医者に相談することは、俺は絶対嫌だ。こういうことは自然にまかせておけばいい。それに、俺は子どもがそんなに好きじゃない。もし、子どもができなかったとしても、夫婦ふたりの生活を楽しめばいいじゃないか」

そう言われると、紀久子もそれ以上は主張できなかった。だけど、ほんとうは自分の子どもが欲しかった。

知らない子どもでも、子どもというだけでかわいい。まして自分の子どもだったら、どんなに愛《いと》おしいだろう。

そう思って、ひそかに嘆息した。転勤族でどの土地にも長くいられない根無し草だったので、スケートの繋がりがなかったら、寂しくてやりきれなかっただろう。県のスケート連盟はどこも人手が足りない。ジャッジの資格を持ち、平日の夜遅くまで無償で働ける紀久子のような存在は、どこへ行っても歓迎された。人に必要とされることの喜びを紀久子は感じていた。それにスケートというひとつの共通点があれば、見ず知らずの人とも繋がれる。自分は確かにスケート・ファミリーの一員なのだ、と実感していた。

「国際ジャッジの資格は取らないの？」

しばしば人にそれを聞かれた。帰国子女で英語が達者な紀久子なら、資格取得も容易だろうとみんなは思うようだった。紀久子も、できない挑戦ではない、と思っていた。だが、国際ジャッジになれば、海外への試合に派遣されることになる。年に何度も家を空けるのは、さすがに気が引けた。それに、セミナーや勉強会に参加する機会も増えるだろう。夫に相談すると、

「いいじゃない、挑戦してみれば」

と、言ってくれる。仕事で家を留守にしがちで、引っ越しも多いことを申し訳なく思っているのか、夫は紀久子がやりたいことは応援してくれていた。全日本選手権で年末の忙しい時期に一週間近く家を空けることも、笑って許してくれた。

そんな風に夫が優しくしてくれればくれるほど、それに甘えてはいけない、と紀久子は気を引き締めた。ジャッジは交通費などの実費は出るし、多少の謝礼が出ることもあるが、何かと持ち出しも多い。滞在先での食費は自腹だし、セミナーに参加する時の宿代や交通費は自分で払う。それを夫の稼ぎから捻出《ねんしゅつ》していた。転勤す

るたびに夫は少しずつ出世していったし、子どももいないから家計にはゆとりがあるが、自分のためだけに使うのは気が引けた。国際ジャッジになれば、いままで以上に外出する機会は増えるし、お金も掛かる。それは自分の手に余る。実家の母に言えば援助は惜しまないだろうけど、いつまでも親を頼るのは嫌だ。主婦をしながらできる限り連盟の仕事をする、それが自分の身の丈に合っている、と紀久子は思っていた。

リンクの上では、アイスダンスの公式練習が終わった。整氷車がウィーンと音を立てて氷を削っている。身体が冷えてきたので、バックヤードに設置された関係者用のラウンジに行くことにした。その部屋の奥に設置されたコーヒーメーカーでカフェラテを選び、ボタンを押した。紙コップに湯気を立てた液体が注がれる。それを両手で捧《ささ》げ持ち、壁際の丸テーブルに着いた。ラウンジには、紀久子のほかには誰もいない。静かに飲み物をすすっていると、昔のことが思い出される。

それは地元のローカルな大会のジャッジをして、夜遅く帰宅した日だった。シーズン最後、子どもたちが一年分の成長を見せてくれたいい大会だったので、紀久子は気分よく帰宅した。夫はダイニングテーブルの自分の場所に疲れたような顔で座っていた。ふとキッチンのシンクを見ると、汚れた皿もコップもない。冷蔵庫を開けると、出掛ける前に用意していた夕食は、手つかずのまま残っていた。

「あら、今日は外食したの？」

ひとりで外食することを嫌う夫は、いつもなら紀久子が作って冷蔵や冷凍した食事を、きれいに食べていた。手つかずというのは初めてだった。

しかし、夫は思いつめたような顔で紀久子に言った。

「話があるんだ」

いままで聞いたことのないような重い口調だった。思わず夫の顔を見ると、夫は視線を逸《そ》らした。嫌な予感を覚えながら、紀久子は夫の前に座った。夫は前置きもなく、唐突に切り出した。

「俺には別に結婚したいと思う相手がいる。悪いが、離婚してほしい」

「嘘《うそ》。まさか、そんな……」

子どもはいないが仲のいい夫婦だと思われていたし、自分でもうまくいっている、と思っていた。子どもがいない分、夫婦ふたりの生活を大事にしていた。連盟の仕事は忙しいが家事の手は抜かなかったし、夫が部下を連れて突然帰宅しても笑顔で歓待した。いい奥さんだと言われていた。喧嘩《けんか》することも、夫に文句を言われたことも、ほとんどない。それなのに、なぜ。

紀久子は混乱した。夫は申し訳なさそうに言った。

「ほんの浮気のつもりだったんだ。この前のクリスマス、きみがいなくて退屈だった。それでつい出来心で……。だけど、相手に子どもができた。俺ももう四十歳だし、これを逃したらもうできないかと思うと……」

追い打ちを掛けるような残酷な言葉だった。

クリスマスは全日本選手権でジャッジをしていた。もし、行ってほしくないと言われれば、ジャッジの仕事は断ったのに。夫も喜んでくれると思うから、引き受けた仕事だったのに。

それに、子どもはいらない、そう言ったのは夫自身だった。

子どもが欲しいなら、そのための努力を自分は惜しまなかっただろう。その結果できなかったらあきらめもついたのに、試すこともなく子どものいない人生に踏み出している。それは夫と共に歩むから、耐えられることだと思っていたのに。

そうして紀久子は離婚し、東京の実家に戻ってきた。一年前に父が亡くなり、母は目白の一軒家で一人暮らしをしていたから、紀久子が戻ってくるのを喜んだ。

「嫌な思いをしてまで結婚を続けることはないよ。こういうことがあったら、何もなかった頃のように相手を信頼することはできないだろうしね。別れたのは正解だよ。なに、お金のことなら心配いらない。お父さんの遺産があるからね」

アメリカにいる兄も反対しなかった。むしろ、紀久子が母と住むことを歓迎した。

「俺《おれ》はもう日本に戻る気がないから、うちの財産は全部おまえに譲る。その代わり、母のことを頼む」

中学までアメリカで過ごした兄は、日本の高校になじめなかった。それで高校の途中から単身アメリカに渡り、大学、そして就職もアメリカで決めていたのだ。

紀久子は国際ジャッジの勉強を始めることにした。離婚したつらさ、悲しさ、悔しさを、勉強に没頭することで忘れようとしたのである。

その頃、国際スケート連盟は混乱していた。ソルトレイクシティ五輪で不正ジャッジ疑惑が持ち上がったからだ。ペア競技で金メダルを獲得したのはロシアのペア。カナダのペアが僅差《きんさ》で二位。これに北米のマスコミが嚙《か》みついたのだ。ロシアのペアはジャンプでミスをし、カナダのペアはノーミスだった。それなのに、ロシアが優勝するのはおかしい。金メダルが不正に奪われたのだ、と。五輪の開催地がアメリカだっただけに、大騒動となった。その後フランスのジャッジが裏取引があったことを認め、ロシアとカナダの二組が共に金メダルということで決着した。

これは正しかったのか、と紀久子は思う。紀久子がジャッジ席にいたら、ロシアのペアを一位と判定しただろう。ミスはあったが、技のひとつひとつの技術は高く、演技に深みがある。カナダの方はポピュラーな曲で無難にまとめたように見えた。

技術を取るか、完成度を取るか、それがジャッジの判断を分けたのだと思う。だが、それを一般の人に説明するのは難しい。多くの人に、フィギュアスケートはジャッジの不正で勝敗が動くスポーツ、というダーティーなイメージを持たれてしまった。

この経験を踏まえて、国際スケート連盟はルールの改変に取り組んだ。誰が見ても点数の根拠がはっきりわかる採点法。不正や買収の起こりえない採点法。それを求めて何度も協議を繰り返し、新採点法が発表された。国際スケート連盟の威信を賭けた改変だった。

その新しいルールを見た時、紀久子は感動した。ここまで思い切った改変をするとは思っていなかったからだ。ひとつひとつの技に点数をつけ、その積み重ねで得点が決まる。出来栄えで加点をする。いままでのルールに比べると、劇的に公平さが増した。これならジャッジを誰がやっても、順位に影響することはほとんどない。

それまでは相対評価だったので、滑走順が前半の場合は点数が伸びにくかった。第三者には順位決定のプロセスがわかりにくかった。自分がジャッジをやっていても感じていた不条理を、新採点法ではみごとに解消していた。これなら、いい演技をした選手には相応の点数が与えられる。人種的な偏見も入り込めないだろう。

新採点法は紀久子が国際ジャッジの勉強を始める頃に発表されたので、タイミング的にもちょうどよかった。新しいフィギュアの試合を自分も作っていくのだという想いが、勉強の意欲をかきたてた。そして、自分のようなアジア人のジャッジが増えることで、欧米主導のフィギュア界の体質にも変化を生み出せるんじゃないか、というひそかな自負もあった。

新採点法が根付くまでは、いろいろと混乱があった。トリノ五輪が新採点法で採点された初めてのオリンピックだったが、選手もコーチもジャッジでさえも、わかっていないことが多かった。いい演技をすればいい点数が出る、と素朴に信じている者も多かったし、大技を決めれば点数が出る、と思い込んでいる者もいた。

実際に新採点法で試合をすると、細かい点数の積み重ねがものを言うのだ、ということが選手にも、ジャッジにもわかってきた。ただ大技を派手に決めればいい、というわけではなく、スピン、ステップ、ジャンプなど、技のひとつひとつを正確に行うことが要求される。それまで曲に合わせてなんとなく決めていたスピンの回転数やジャンプの種類なども、きっちり点数に反映されることになっている。

これは、いままでのフィギュアスケートとは別の競技と言っていいかもしれない。

紀久子は国内の試合をジャッジしながら、そう思った。ジャッジにとっても、いままで以上に細かい部分のチェックや瞬時の判断を要求される。試合を観ながら同時に点数をパソコンに打ち出さなければならない。それは思った以上にたいへんな作業だった。ジャッジ席には「プラスGOE採点のガイドライン」と「エラーのG

ＯＥを決定するためのガイドライン」、それに「プログラムコンポーネンツチャート」のみ持ち込むことが許されていた。それを何度も見直さないと、最初の頃は自信が持てなかった。試合をするたびに新しい課題が生まれるような気がした。

その混乱はトリノ五輪直前の大事な試合、全日本選手権の時に、最悪の形で現れた。『同じジャンプを規定の回数以上跳んではいけない。跳びすぎたジャンプは得点にカウントされない』という、いわゆるザヤック・ルールに違反した選手がいたことを見逃してしまったのだ。これは導入されたばかりの採点用コンピューターの、プログラミングの不備が原因で起こった計算ミスだった。試合後のラウンド・テーブル・ディスカッションで、それについて問題提起された。演技の映像を全員で見直して、採点が間違っていたことを確認。レフェリーが発表することになった。

最初の採点では、ルール違反をした選手が優勝したことになっていたが、減点されると二位の選手と順位が逆転する。五輪代表選手がそれで替わることになるから、見過ごすわけにはいかない。痛恨のミスだった。

マスコミに発表する前に、問題の選手と二位になった選手を呼び出した。優勝したと思っている選手は、満面の笑みを浮かべて部屋に入って来た。だが、レフェリーから事情を説明されて状況を理解すると、みるみる顔が歪《ゆが》み、涙を浮かべた。

「僕の優勝は取り消しなんですね」

大粒の涙がぽとぽととこぼれ落ちた。そこにいたジャッジやレフェリーたちには言葉もなかった。素直な選手だったので、ジャッジに異議を申し立てることはなかったが、その涙を見て、紀久子の胸は鋭く痛んだ。もし正しく採点されていたら、順位は最初から二位と発表されたし、選手にぬか喜びさせることもなかったのだ。繰り上がりで優勝が決まった選手も、複雑な顔をしている。誰にとってもいい結果にはならなかった。プログラミングのミスとは言え、これは自分たちの責任だ。

自分はもっともっと研鑽《けんさん》しなければならない。選手たちが新採点法に必死で食らいついて演技の精度を高めるように、いや、それ以上に真剣にならなければならない。青春のすべてを犠牲にしてスケートに打ち込んでいる彼らの努力に、正当に報いてあげるために。

猛勉強の末、紀久子は国際ジャッジの資格を取得した。そして最初に派遣された国際試合、そこに日本代表として出場していたのが、ジュニアに上がったばかりの川瀬光流だった。ヨーロッパの辺境の小さな大会だった。

その大会で光流は二位だった。一位は世界ジュニアでも表彰台に立つような有力選手だったし、光流はジュニアになって初めての国際試合だった。結果は上出来だ、と帯同した誰もが思っていた。だが、光流本人は違っていた。

「僕、悔しいんです。スピンで失敗してレベル1だったでしょう？　僕、ふだんならレベル3は取れるんです。それに、ステップもレベル2だった。これはどうしてなんでしょうか？　ループがダメだったんですか？」

試合の後のバンケット、つまり打ち上げのパーティの席でそう聞かれた。紀久子はちょっと驚いた。新採点法が導入されて数年、まだ旧採点法の時代を懐かしむ選手も多い時代だった。ひとつひとつのエレメンツの得点にこだわる選手は珍しかった。ましてジュニアでは、こんな子はほかにはいなかった。

「試合の時のメモを見なければ正確なところはわからないけど、確かそうだったと思うわ。バックアウトの時の軌道が歪んでいたね。フリーレッグも汚かった。それに、チョクトーのエッジも甘かったと思う」

「やっぱりそっかー。曲が速いんで、今回どうしてもステップが雑になりがちなんです。ちゃんとスピンとステップを決めてたら、技術点ではトップと並んだのに」

「へえ、自分で得点計算していたんだ」

「はい、僕、自分がどれだけ取れるか計算して予測するのが好きなんです。今回のフリーは技術点では目標値に足りなかった。だけど、思ったより演技構成点が高く出たんで安心しました。こればかりは、自分では予測できないんで」

相手がジャッジだと思うからなのか、一生懸命説明する十四歳の光流の姿は微笑ましかった。同時に、こういう子は伸びるだろう、と直感した。ひとつひとつのエレメンツの得点を分析し、自分のどこが悪いかを把握する。それは、次の練習に生かされるだろう。

新採点法時代の申し子だな、と紀久子は思った。旧採点法の時だって、ひとつひとつのエレメンツを正しく、美しくという指導はされていた。だが、演技の流れ全体の方が大事だと言われていたし、選手はそこまでひとつひとつのエレメンツを意識していなかった。そして、その感覚から抜けられない選手やコーチもまだ多い。

光流は饒舌《じょうぜつ》に話を続けた。

「それに、やっぱり三回転アクセルをコンスタントに入れるようにならなきゃダメですね。アクセル決めると技術点が爆上がりだし。僕、練習では三割はできているんです。なので、まだ試合には入れられない。来シーズンまでには十割に持っていけるように、これから練習します」

「こらこら、神谷さんに偉そうに語るな」

隣にいた光流のコーチが、話に割って入ってきた。

「すみません、こいつ、おしゃべりで。光流、そういうことは、ちゃんとできるようになってから言うもんだ」

「だけど、目標をはっきりさせるのはいいことだって、先生いつも言うじゃないですか」

「それはそうだが、わざわざ神谷さんに言わなくてもいいだろう」

「神谷さんだから言うんです。ジャッジの人に宣言したら、クリアしないわけにはいかないじゃないですか」

「こいつ、もう。ああ言えばこう言うなんだから」

怒っているような口調だが、目は笑っていた。教え子とコーチの親密な関係が窺《うかが》えて、微笑ましかった。同時に課題をクリアする、という光流の考え方にハッとさせられた。この子にとってスケートはゲーム感覚なのだ。ひとつひとつのエレメンツの得点が可視化されたことで、選手にも自分のレベルが把握しやすくなった。そのレベルを上げていくことをゲームのように楽しめるのが、いまの時代に伸びる選手なのだろう。川瀬光流は、たぶんそういう選手なのだ。

紀久子が直感したように、光流は順調に伸びて行った。合宿や試合など、会う機会は少なかったが、会うたびに光流はステップアップしていた。言葉通り翌シーズンには三回転アクセルを自分のものにし、それを武器にジュニア・グランプリファイナル優勝と世界ジュニア選手権優勝のダブルの栄冠を手にした。その栄光を手土産にその春アメリカに拠点を移し、金メダルメーカーと呼ばれる有名コーチについて、シニアでも着実に実績を重ねて行った。

それは紀久子が国際ジャッジとして成長していく時期に重なった。ジャッジは採点でのばらつきをなくすため、試合ごとにディスカッションをし、疑問をぶつけ合い、お互いの意思統一をはかっていく。

技術的な面での見解は、それほどばらつきはない。ひとつひとつの技に点数が決まっているし、GOEつまり加点についても、それほど差ができることはない。

一方、演技構成点の見解は分かれることもあった。こちらは芸術的な側面についての評価であり、よりジャッジの主観が入ってくる。

だが、薔薇《ばら》と百合《ゆり》とどちらが美しいかを比べるのが難しいように、スケーターの美しさに点数をつけるのは至難の業だ。そもそも人が理想とするスケートはそれぞれ異なるのだ。それに国民性みたいなものもある。紀久子が思うに、欧州の観客たちの方がどちらかといえば保守的で、クラシックな曲に合わせて優雅に滑るスケーターを好む傾向が強い。北米はポップスやミュージカルのノリのよい曲に合わせて、高度なジャンプを決めるスケーターに好意的だ。特に男性スケーターには力強さを求め、衣装もシンプルな方が喜ばれる。アジアは、そのどちらも受け入れる。ジャッジにもその傾向はあると思う。

もちろん個人差はあるが、それぞれが生まれ育った文化的な背景、見聞きしてきたものの違いがそうした差を生むのだろう。だからこそ、ジャッジが一人ではなく、さまざまな国から複数人選ばれるのだ。別の価値観を持つ人間がジャッジして、その意見をすり合わせて順位を決めて行く。試合が終わるごとにラウンド・テーブル・ディスカッションが行われ、それぞれの採点が見直される。極端にほかと違う採点をしたジャッジには注意が促される。そうしたことを繰り返していくうちに、ジャッジの中で統一見解が育っていく。

ジャッジの不正とか陰謀論を言いたがるファンも一部にいるが、一度でもラウンド・テーブル・ディスカッションに参加したら、そんなものは微塵《みじん》も入りえないことがわかるだろう。毎年毎年少しでもよくなるように、選手にとって公平であるように、ジャッジは真摯《しんし》に取り組んでいる。ルールも、どうしたらよりよい形になるか、新採点法が施行されてから二十年近く経ったいまでも考え続けられている。特定のスケーターの有利になるようになんて気持ちでは、長くはやっていられない。

それに、細かい部分での意見の相違はあったとしても、結局ジャッジはみんなよいスケーターが好きなのだ。金銭的なメリットはほとんどないのに、仕事や家事を休んで見知らぬ土地に赴き、リンクの寒さに震えながら緊張した時間を何日も過ごす。その対価は、素晴らしい演技に立ち会える、選手と一緒に試合を作っていくという喜びだ。ほんとうに素晴らしい演技に立ち会った時は、惜しみなく称賛するのだ。

それを紀久子がこころから信じることができるようになったのは、川瀬光流のおかげだった。光流がその年のショートに選んだ曲は『さくらさくら変奏曲』。日本人なら誰でも知っているおなじみの古謡だ。現代的なアレンジが入っているというものの、琴を使用したその楽曲のよさは、日本人じゃないと理解しにくいだろう、と思った。

「難しい曲だね。もうちょっと海外の人にもわかりやすい曲の方がいいんじゃない？　今季は五輪シーズンなんだし」

最初に演技のお披露目《ひろめ》をした連盟主催のアイスショーを観て、紀久子はやんわりとアドバイスした。

かつては極端に和的なもの、これは中国的でも韓国的でも同じだが、アジアの民族的なものはフィギュアスケートの世界では異端だった。フィギュアスケートが欧米で生まれ、発展したために、アジア的な文化への理解が少なかった。紀久子がかつて「アジア人はワルツが滑れない」と言われたのは、そういう偏見の表れだろう、と思っている。

その後、アジアにルーツを持つスケーターも増え、彼らが活躍するにつれて、スケートの世界も変わっていった。偏見も減った。しかし、彼らも曲の選択については、無難にクラシックや欧米ルーツの曲を選ぶことが多かった。音楽の好みにこそ、国民性が出るからである。

「ええ、だからこそ、この曲にしたいんです。僕は日本人だし、日本の代表としてオリンピックで演技したいから」

そう言ってまっすぐに自分を見た光流の瞳《ひとみ》の曇りのなさに、紀久子は胸を衝《つ》かれた。海外に住んでいる方が、より強く日本を意識することがある。紀久子自身も子どもの頃長くアメリカにいたから、よくわかっていた。日本についてのさまざまな質問を受けるし、時には差別的な言葉を浴びせられることもある。自分は日本人だ、と否応《いやおう》なく思い知らされる機会が何度もあった。おそらく光流もそれを経験したのだろう。だからこそ和にこだわったのだ。その想いがわかるだけに、それ以上の忠告は紀久子にはできなかった。

紀久子の懸念とはうらはらに、国際試合で披露したその演技は絶賛された。ひとつひとつのエレメンツの技術の高さ、音楽との融合はジャッジをうならせた。その結果、ショート・プログラムの世界最高得点を記録したのである。

その試合には紀久子は帯同していなかったが、ネットで知って鳥肌が立った。光流の優れた演技が「和的なものは受け入れられにくい」という壁を壊したのである。

「光流、やったね」

紀久子は我知らず、画面に向かってつぶやいていた。

その勢いのまま、光流はシーズンを駆け抜けた。日本的な曲調に融合し、日本的な美を感じさせる仕草を随所に入れたその演技は、試合を進めるごとに研ぎ澄まされ、評価が上がっていった。そして、ついにオリンピックという最大の舞台で、金メダル獲得という偉業を達成したのだ。

表彰台に立つ光流を見ているうちに、知らず知らず紀久子は涙を流していた。ジャッジをやりながらも、どこかで欧米人とは違うと感じていた紀久子の鬱屈《うっくつ》は、その瞬間晴らされたのだ。

出身がどこであろうと、素晴らしい演技は評価される。人々に愛される。フィギュアスケートの美は国境を越えるのだ、と。

光流の活躍に刺激され、紀久子はＩＳＵジャッジに挑戦することにした。その資格を取れば、世界選手権やオリンピックにもジャッジとして参加することができる。世界最高の舞台で、自分もジャッジしたい。次のオリンピックかその次か、日本の選手の活躍を、ジャッジ席から見届けたい。そんな野心が生まれたのだ。そうして、男女シングルとアイスダンスのＩＳＵジャッジの資格を手にしたのである。

そろそろリンクでは次の公式練習が始まるはずだ。次は男子だから、観ておかなくちゃ。そう思って席を立とうとした時、ドアを開けて大柄な男性が入って来た。

「ミスター・ジャクソン！」

思わず声を上げた。相手は紀久子を認めると、ほっとしたような顔で、近づいて来た。

「ああ、キクコ。あなたに会えてよかった」

ジャクソンはほっとした表情だ。ジミー・ジャクソン、通称ＪＪは川瀬光流のコーチである。彼が現役で活躍していた頃、紀久子もちょうど国際試合に出ていたし、国際ジャッジになってからは会場やバンケットでしばしば姿を見掛けた。お互いスケート・ファミリーの一員なのだから、会えば会話をする程度には親しい。

「まったく、何がどうなっているのか、誰も私に説明してくれません。ヒカルがいなくなった。これ、とても問題。なのに、誰も探そうとしない。どういうことなんでしょう？」

ジャクソンは早口の英語で一気にまくし立てた。

「私はヒカルのコーチ。ナショナルの大事な試合に付き添いを頼まれて、ここに来ました。試合に勝つためには、公式練習は大事。氷のチェックは必要。なのに、なぜここにヒカルはいない？　ヒカルは勝ちたいと思わないのか？」

「ＪＪ、それは誰にもわからない。彼は誰にも話さずに、ひとりで出て行った。母親にも説明しなかったそうです」

「母親にも？」

ジャクソンは両手で額を押さえ、「オーマイガッ」と小さく呟いた。

「ヒカルが何を考えているか、私にはわからない。アメリカにいる間は、彼は安定していた。昨年ナショナルを欠場したから、全日本チャンピオンの座を取り戻すんだ、と張り切っていた。練習も順調だった。なのに、何があったんだ？」

興奮して早口になっているジャクソンの言うことを聞き取れる人が、おそらく周りにいなかったのだろう。光流のマネージャーも母親も、それほど英語が堪能《たんのう》ではない。事務所の社長の幸田ならわかるはずだが、対策に駆け回っているので相手ができないのだろう。だから、言葉が通じる相手をみつけたジャクソンは、一気に不満をぶちまけているのだ。

「我々もそれはわからない。彼は全日本を特別大事に思っていたはずです。後輩も力をつけてきたし、昔から知っている選手も多いから、ここで戦えるのを楽しみにしている、と言っていました」

テレビで放映される試合の宣伝では、そう語る光流の短い映像が流れていた。あの背景はアメリカのリンクのようだった。あれは夏に公開練習が行われた時の映像だったのだろうか。

「私もそう聞いていた。後輩には抜かされたくない。自分は五輪王者だから、誰よりも強くなければならない。ナショナルは厳しいけど楽しい。日本人のスケーターはみな仲間だ。今年は体調もいいし、試合が楽しみだ、そう言っていたのに」

「何か、日本に来てから、変わったことはなかったですか？　何か気になることは？」

「気になること？」

ジャクソンは小首を傾《かし》げた。そういうポーズも、日本人とはちょっと違う。

「そういえば、ホテルに着いた時、何かの雑誌を見て、ヒカルが怒っていたような……。ヒカルはあまり雑誌の記事に関心を持たないから、珍しいと思ったんだ。母親に聞いたら、スキャンダル雑誌のたわごとだから、気にするほどのことはない、と言っていたんだが」

そういえば少し前に発売された女性週刊誌に『川瀬光流、熱愛発覚』という見出しが躍ったっけ。相手は同じリンクで育ったスケーターの仲間で、現在は現役を引退してOLをしている女性と書かれていた。彼女の年齢や戦績も載っていたから、あの子ではないか、という噂《うわさ》がフィギュア界にも駆け巡った。だが、彼女の父親が「娘には関係ない」と明言したので、騒ぎはすぐに終息したのだが。

「その記事には『光流が熱愛中』って書いてあったんですよ」

「ヒカルが？」

ジャクソンは大声で笑い出した。

「ヒカルが熱愛なんて、とんでもない。彼はマシーンのように決まりきった生活を送っている。生活が乱れるのを嫌って、誰かと食事に行ったり、飲みに行くことも一切しないんだよ。たまには息抜きしなさい、と言っていたくらいだ。日本の友人とネットでやり取りはしていたけど、熱愛というほど深いつきあいがあったとは思えない。それにオリンピックのシーズンなのに、金メダルを狙《ねら》う選手にそんなゆとりがあるものか」

最後の言葉は吐き捨てるように言った。自分自身が経験し、教え子たちも五輪シーズンで、どれほどのプレッシャーと戦うかを目の当たりにしてきた男の言葉だ。

「そうですよね。でも、光流はあなたに何か悩みを打ち明けたりはしていなかったのですか?」

「スケートのこと以外は、特には」

と言って、ジャクソンは肩を竦《すく》めた。

「私と彼との繋がりはあくまでリンクの上。リンクではもう十年のつきあいだから、顔を見ただけで彼の調子がわかるし、私に何を要求しているかもわかる。常に礼儀正しく、お互い尊敬している。コーチと教え子としては、申し分ない関係を保っていると思う」

ジャクソンの言うことは正しいのだろう。光流自身もジャクソンには敬意を表し、自分がここまで来られたのはジャクソンコーチのおかげだと、何度もインタビューで語っている。

しかし、本音のところはどうだったのだろう。悩みを打ち明けることさえしないということは、かなりドライな関係だったのではないだろうか。アメリカに渡る前、日本人のコーチについていた頃の光流はもっとおしゃべりで人懐っこい子だった。コーチも、息子に接するように相手をしていた。

そこは日本とアメリカの国民性の違いによるものかもしれない。日本のほとんどのクラブ・チームは、コーチはせいぜい一人か二人。生徒も少人数だし、ひとりひとりのことをよく把握しているし、時には親のように面倒をみる。一方で海外の、特にジャクソンが所属しているような大手のクラブ・チームにはコーチが何人もいる。ジャンプ担当、スケーティング担当というように分かれていて、ジャクソンは総合的に選手を見る。集まる生徒の人数も多く、その中で有望な選手に時間を掛ける。日本のクラブ・チームが私塾なら、ジャクソンのチームは学校だ。コーチとの距離は日本より遠い。

それに言葉の壁もある。アメリカに渡った時、光流は十五歳。学校でしか英語を習ってこなかったというから、コミュニケーションもうまく取れなかっただろう。環境が変わって戸惑うことも多かったはずだが、その悩みを口に出せなかったのかもしれない。

それを「察する」という文化はアメリカにはない。不満や疑問があったら自分から口にしなければ、誰も取り合ってはくれない。だから、光流は個人的な悩みをコーチに打ち明けるということをしなくなってしまったのかもしれない。

「コーチのあなたや、光流の母親でさえ何も知らなかったのだから、誰にも行先を話していなかったと思います。ただ、本人は試合までには戻ると言っていますし、いまはそれを信じるしかないですね」

「では、私はなんのためにここにいる？　私はどうしたらいい？」

ジャクソンは椅子に座り、文字通り頭を抱えてうつむいた。その姿を見てさすがに気の毒になった。フィギュア界でも屈指の名コーチ、金メダルメーカーと称えられる人が、言葉も満足に通じない国に取り残され、途方に暮れている。紀久子はジャクソンの肩にそっと手を置いて言った。

「大丈夫ですよ。きっと彼は戻ります。それに、彼はリンクに立つためだけに生きている。試合を投げ出すなんてことは絶対にありません。帰って来るのを待ちましょう」

ジャクソンは顔を上げて紀久子を見た。

「そう思いますか？」

「はい。そう信じています。それに、彼は国内では知らない人がいないほど有名人です。だから、どこに行っても目立つし、そのうちSNSか何かで情報が入ってくるかもしれません」

強張《こわば》っていたジャクソンの顔が少し緩んだ。

「そうだね、何か情報が入るかもしれない」

「どちらにしても、何かわかったらすぐに連絡します。なので、ホテルで休んでいてください。いまここにいても、何も事態は変わりませんから」

それを聞いたジャクソンはようやく立ち上がり、紀久子に礼を言ってラウンジを出て行った。

光流はなぜ出て行ったのだろう。いま何をやっているのだろう。ジャクソンには「帰る」と断言したものの、紀久子の気持ちは晴れなかった。

もしかして、ほんとに心が折れて、試合に出る気力を失ってしまったのだろうか。半世紀にもわたるスケートとの長い関わりの中で、挫折《ざせつ》した選手を紀久子は何人も見てきた。それまで順調だったのに、ある日突然気力を失い、リンクに来なくなった選手もいる。リンクを去っただけでなく、家に引きこもってしまった子もいた。

いまの光流は正直絶対王者ではない。跳べる四回転の種類と精度で、ジェレミー・リュウには差がつけられている。つまり、技術点ではジェレミーを上回ることは至難の業だ。

ジェレミーがよほど崩れない限り、いまの光流は彼に勝てない。マスコミはファンからの批判を恐れていいことしか書かないが、光流自身がいちばんよく知っているだろう。前回の世界選手権の結果を見れば、それは明らかだ。

勝つことにこだわり続けてきた光流にはショックなことだろう。それは傍《はた》が思うより彼を追い詰めていたのだろうか。ぎりぎりまで張り詰めていたものが、ささいな衝撃でぷつんと切れてしまったのだろうか。

それとも、もしかしてスキャンダルのことが原因だろうか。熱愛というのは嘘だとしても、もし光流が相手に好意を持っていたとしたら、この記事はふたりの関係にひびを入れただろう。友人の少ない光流にとって、ショックは大きいに違いない。そもそも誰がこんな話を雑誌社に伝えたのだろう。彼のプライベートを知っている人間は限られている。その誰かが情報を売ったとしたら、彼は二重に傷つくだろう。そんなことがあったから、逃げ出したくなったのだろうか。

スケートがうまくなることを、ゲームのように楽しんでいた無邪気な少年。そこから彼は遥《はる》か遠いところまで来てしまった。五輪王者となったいま、彼に先の光景は見えるのだろうか。

その時、ドアが開いて、共に男子のジャッジを担当する男性が顔を出した。

「あれ、神谷さん、こんなところに。男子の練習がとっくに始まっていますよ」

「わかりました。すぐに行きます」

紀久子は手に持っていた紙コップをゴミ箱に捨てた。そうして、部屋を出て、リンクへと向かう。

光流には戻ってきてほしい。

勝っても勝たなくても、彼のスケートは唯一無二だ。久しぶりに日本で彼の姿が観られることを、どれほど多くのファンが楽しみにしてきただろう。尊敬する先輩と同じリンクに立てることを、後輩たちはどれほど励みにしてきたことだろう。スタッフだって、みんな彼の出る試合を運営することは誇りに思っている。あの間瀬だって、文句を言いながらも本心では光流のことを心配しているのだ。

リンクの扉を開けた。たちまち冷気に包まれて、紀久子は着ていたジャケットの襟を押さえる。

氷上では男子の曲かけ練習が始まっていた。『火の鳥』の曲が流れ、リンクの真ん中の方にそれに合わせて滑る選手がいる。隅の方では何人かの選手が、真ん中の選手の邪魔にならないように練習をしている。

そこにいるほとんどの選手を紀久子は知っている。合宿や遠征や地方予選のジャッジで会っているからだ。アドバイスしたことのある子も多い。

中央の選手が三回転アクセルを跳んだ。軸が大きく外れて、身体が氷に叩（たた）きつけられる。削られた氷がリンクを舞う。

彼は大学四年、今年が最後の全日本だから絶対にフリーに行きたいと言っていた。アクセルがちゃんと決まれば、それも夢ではないのだが。

別の選手が端の方でスピンの練習をしている。

そう、あの子はスピンが苦手で、東日本選手権の時、せめてレベル3が取れるようになりたい、と言っていた。あの時に比べると、軸がぶれなくなっている。かなり練習したのだろう。

『火の鳥』が終わって、次にショパンの『別れの曲』がリンクに響き始めた。だが、誰もそれに合わせて滑ろうとしない。紀久子はハッとした。

これは、光流が滑る予定の曲だ。

甘いメロディが会場を満たす。リンクの真ん中には、そこで滑る選手のためのスペースがぽっかり空いている。

それは何より雄弁に光流の不在を物語っている。

光流には戻ってきてほしい。彼の輝きを観客や後輩たちに見せてほしい、と紀久子はこころから願う。

彼の試合をあと何回、観られるのだろうか。現役選手としてのカウントダウンが始まっているいま、一戦一戦が宝物のように貴重な時間なのだ。

紀久子の前を、選手のひとりがシュッと音を立てて通り過ぎていった。別の選手が三回転三回転のコンビネーション・ジャンプを決める。選手たちは笑顔もなく、ただ自分の演技に集中している。

だけど、戻らなくても試合はある。

この全日本選手権は、フィギュアスケートをやるすべての選手の憧《あこが》れの舞台。

私はここで採点を続ける。光流がいても、いなくても。

ここには光流に憧れ、光流の軌跡を追いかける幾多の存在がいるから。

そして、彼らをジャッジという仕事で後押しするのが、私の役目なのだから。

リンクの上では練習が続いている。

踊る人のいない『別れの曲』が空《むな》しく流れている。

冷気に身体を震わせながら、紀久子はただただ氷の上をみつめていた。

第二章　アナウンサー

大西孝彦《おおにしたかひこ》は重い扉を押した。さっと流れてくる冷気、氷を削る音、そしてリンク特有の匂《にお》い。

実際には氷には匂いなどない。だけど、大西は試合に来るたびに、スケートリンクには匂いがあると思う。それは、選手たちの汗の匂いなのか、応援する人たちの化粧や香水の名残《なご》りなのか、整氷車のかすかなガソリンの匂いなのか。きっとそのすべてが会場にはある。

ああ、今年もこの時が来た、と大西は身震いする思いだ。フィギュアスケートの全日本選手権。国内ではもっとも大きな戦い。そして、それを中継するアナウンサーの大西にとっても、年間通していちばんの高視聴率が期待できる、大きな仕事の舞台だ。

リンク上には、黒い練習着に身を包んだ男子選手が五、六人、思い思いに練習をしている。観客席には人はいない。試合中は鈴なりになるカメラマン席にも、ちらほら人がいるだけだ。

間に合った、と大西は思う。会社を出てこちらに来る途中、寄り道をしたから、予定より少し遅れてしまった。だが、まだ男子の第一グループの練習が始まったばかりのようだ。

選手のひとりがジャンプした。三回転《トリプル》ジャンプにコンビネーションをつけようとして転倒する。

最初のジャンプはルッツ。だけど、あれじゃ回転不足を取られそうだ。

大西の担当は地上波のゴールデンタイム。世界選手権でも金メダルを狙《ねら》えるような選手たちが登場する時間帯のアナウンスを担当する。今日は試合はなく、公式練習のみ。夕方に開会式があり、その後抽選会がある。ショート・プログラムの滑走順をくじ引きで決めるのだ。

あの選手はM大の亀田英樹《かめだひでき》だっけ。東日本は調子よかったけど、緊張しているのかな。ジャンプが決まらない。フリーまで進めるだろうか。

大西は時間が許す限り、すべての公式練習を見ようと思っている。全日本は上位選手だけでなく、これを目指してきた国内のスケーター全員にとって最高峰の試合だ。それぞれの選手にドラマがある。今年は地上波の放映では映らない選手も、来年は大化けしてメダルを獲《と》るような選手になるかもしれない。何が放送のネタになるかわからない。だから、できるだけチェックしておきたいのだ。鞄《かばん》からメモ帳を出して、気づいたことをメモしていると、ふいに声を掛けられた。

「大西さん、いま到着ですか？」

スポーツ新聞でフィギュアスケートを担当している記者だ。同じスポーツを担当している記者とは、試合会場で顔を合わせる機会も多いので、自然と顔なじみになる。

「はい、社内会議があったものですから、ちょっと遅れちゃいまして」

なんとか笑みを作ってそう答える。記者は「たいへんですね」と言ったが、それ以上詮索《せんさく》をしようとしなかった。大西はほっと小さく息を漏らす。

「なんか今日は勝手が違うみたいですよ。連盟の人たちがピリピリしている」

取材記者はまだ話を続けたそうだった。

「何かあったんですか？」

「川瀬光流《かわせひかる》が会場に来ないんですよ」

「えっ、何かアクシデントでも？　昨日の夜、会場入りしていますよね」

川瀬光流は現在の日本フィギュアスケートを背負って立つ選手だ。いや、世界の、と言ってもいいだろう。前回のオリンピックで金メダルを獲得したその実力だけでなく、さわやかな容姿、手足が長くすらりとしたスタイルから、アイドル並みの人気を誇っている。日本だけでなく、アジア圏、ロシアにもファンが多い。

「さきほど連盟から発表があってね、川瀬光流は風邪のため、開会式と抽選会を欠席するそうですよ」

　記者は何も知らない大西が驚くのを、楽しんでいるようだった。いち早くニュースを誰《だれ》かに知らせたいと思うのは、取材記者の性《さが》かもしれない。

「抽選会を欠席？」

　その瞬間、大西の頭に浮かんだのは、それでは絵にならないな、ということだった。川瀬が出ていれば、抽選会だけでスポーツニュースの十分なネタになる。ライバルや同期と一緒の映像を押さえれば、今晩のニュースだけでなく明日のワイドショーにも何度も使われる。川瀬光流はテレビサイドで言えば「数字を持っている」、つまり視聴率の獲れる男なのだ。

「試合には出るんでしょうか？」

「試合までには治る見込みだそうですよ。熱もそれほどではないけど、インフルエンザの疑いもあるので、感染のリスクを考えて大事を取るとか」

「そうですか。だったら、いいんですが」

　川瀬光流が出ない全日本では、視聴率が稼げない。昨年は怪我《けが》のために全日本を欠場することになったが、案の定、男子フリーの視聴率は伸び悩んだ。

「だけど、今日の公式練習は欠席。まいっちゃいますよ。せっかくカメラマンもいい席を確保できたのに、肝心の主役がいないんじゃね。早めに会場入りした意味がない」

スポーツ新聞でも川瀬は数字を稼ぐ。練習風景だろうとなんだろうと、スポーツ新聞の一面に大きく川瀬の写真が出ると、売れ行きが違うのだ。日頃はスポーツ新聞を買わない女性層が、川瀬の写真のために買ってくれる。ファンのチェックは厳しく、どの新聞がいちばん川瀬をうまく紹介しているか、品定めしたツイートがその日のうちに流れる。だから、どこの新聞社でも、川瀬をどれだけ大きく、カッコよく写すかに腐心していた。

「だったら、今日のうちのインタビューもキャンセルかな。抽選会の後、十五分だけ独占インタビューの時間を取ってもらえることになっていたんですけど……」

大西が言うと、スポーツ記者は首を横に振った。

「たぶん、ダメだと思いますよ。川瀬のところは融通が利きませんからね」

川瀬はスポーツマネジメントの会社ではなく、母親が作った会社にスケジュール管理をまかせている。ふつうのマネジメント会社であれば、スポンサーに忖度《そんたく》したり、宣伝効果を計算して融通してくれることもあるが、家族経営の会社なだけに本人の意向や体調がすべて。スポンサーを盾に無理強いすることはできなかった。

「ですよねえ。せっかく準備していたんですが」

大西は溜息《ためいき》を抑えられない。川瀬はアメリカのコーチのもとで練習している。だから、なかなかインタビューの時間を取ってもらえない。今回独占インタビューが可能になったのは、全日本選手権の宣伝番組の一環で、スケート連盟の強化選手は全員インタビューを受けているからだ。川瀬はそのトリとして登場することになっていた。

「そうだったんですか。おたくもたいへんですね」

「困ったたな。明日の全日本の特番で十五分まるまる流す予定だったんだけど、どう穴埋めしたものか。編成が怒るだろうな」

口ではそう言っているが、穴埋めのことよりも、インタビューできなくなること自体に落胆している。何年もフィギュアスケートを取材しているが、大西が川瀬の単独インタビューを担当するのは初めてだった。合同インタビューなら何度もあるが、なぜか単独のチャンスはなかったのだ。

「うちも、明日の一面を用意していたんでね。女子の方に差し替えるか、これからデスクと相談ですよ」

「やれやれですね」

「まあ、なんとか乗り切りましょう」

新聞記者とはそこで別れ、大西は自社の放送ブースの方へと歩いて行った。ディレクターの田沢宏伸《たざわひろのぶ》が、音声の若いスタッフと話をしている姿が見えた。

「孝ちゃん、聞いた?」

田沢は大西の顔を見るなりそう口にした。大西よりひとつ若い彼は、仕事はきっちりしているが、少々気が小さい。銀縁眼鏡《めがね》の奥のまぶたが神経質そうに痙攣《けいれん》している。

「川瀬のことでしょう? 風邪で欠席なんですね。インタビューもやっぱりダメですよね」

「それなんだけどさ」

田沢が大西のすぐ傍《そば》に近づいて来た。

「ここだけの話だけど」

田沢はささやくように耳打ちした。

「どうやら、川瀬光流は失踪《しっそう》したらしい」

「失踪?」

思わず大声が出た。田沢が咎《とが》めるような目で大西を見る。申し訳ない、と軽く頭を下げる。

「それ、確かなんですか?」

大西も声を潜めて尋ねる。

「昨晩一時頃、ホテルの駐車場で川瀬が車に乗り込むところを、うちのクルーの一人が目撃している。その車はいまだにホテルに戻っていない」

「まさか、あの川瀬が」

信じられない。全日本をすっぽかすつもりか？

「うかつなことは言えない。連盟も認めていないし、川瀬のところはガードが固い。だけど、昨日現地入りした時はぴんぴんしていたんだ。それに、少々熱があるくらいで、あの川瀬が練習を休むと思うか？」

「確かに……そうですね。でも、信じられない」

川瀬は責任感の強い選手だ。何より大事な試合を投げ出すことがあるだろうか。

「こっちでも追っかけているが、ともかく今日のインタビューは中止になった。その善後策を考えなきゃいかん」

「そうですね、川瀬の未公開映像か何かありましたっけ？」

「あるわけないだろ。そんなものがあったら、とっくに使っている」

「確かに」

「でもまあ、なんか探して繋《つな》ぐしかないわ。今晩は五分だからありネタで繋ぐけど、明日の特番が困った。インタビューを丸々流して、それを目玉にするつもりだったからな」

「だったら、代わりに長峰《ながみね》と島村《しまむら》の対談でも取ったらどうでしょう。次世代のエースふたりに、五輪の枠取りへの想《おも》いや川瀬への挑戦を語らせるとか」

「まあ、そんなところかな。それに、川瀬の過去映像を絡ませるしかないか。ともあれ、急いで手を打たなきゃならん」

せかせかと田沢は去って行った。氷上では選手たちの練習が終わったところだ。整氷担当のスタッフたちが出てきて、氷上を視認しながら長靴で歩き回っている。整氷車も出てきて、端から氷を削っていく。ウィーンという油圧モーターの音がかすかに響いている。リンクサイドにいた関係者の多くは控室の方に向かったが、大西はリンクサイドに残り、整氷車が通った後にできる、一メートルほどの幅のなめらかなトレースをぼんやりと眺めている。


大西が初めて川瀬を試合で観《み》たのは、ジュニア時代のグランプリ・ファイナルだった。ジュニアの世界のトップ6が競う試合だが、その当時はジュニアへの注目度は低かった。男子よりも女子の人気の方が高い時代だったので、マスコミも川瀬には関心を払っていなかった。ジュニアの試合はテレビ中継されることもなかった。

グランプリ・ファイナルの中継が他局だったにも拘《かか》わらず、大西がジュニアの試合を観る気になったのは、たまたまその年の会場が代々木体育館で、会社から行きやすかったからだ。それにシニアの試合と同じ日にジュニアの試合があったので、おまけみたいなつもりだった。フィギュアスケート担当になったばかりだったので、後学のためになんでも観ておこうと思ったのだ。

六分間練習開始のコールがされると、少年から青年へとまっすぐ成長していく勢いそのままに、元気よく選手たちは氷の上に飛び出した。六人目、ゆっくりと氷に乗った小柄ではかなげな雰囲気の選手が川瀬だった。シニアは六人のうち半分が日本選手だったが、川瀬はその年のジュニア男子で唯一の日本選手だったのだ。

「あの川瀬って子、どれくらいいけそうですかね。メダルは狙えるんでしょうか？」

リンクサイドに立っていた大西は、横にいた間瀬《ませ》という連盟の役員に聞いてみた。すると、相手は「無理、無理」と手を振った。

「まあ、万全の体調なら、メダルも期待できないことはないけど、あの子、全日本ジュニアの時に転倒してね。それで腰をやっちゃって、三日前まで寝込んでいたんですよ。だからねえ、ジャンプもまともに跳べるかどうか。……あ、これ内緒《オフレコ》ね」

しゃべりすぎた、というように、相手は口をつぐんだ。しかし、大西はそれで逆に興味を持った。

三日前まで寝込んでいたのに、試合に出ようというのは、見掛けによらず根性があるじゃないか。

ジュニアの出場資格はだいたい十三歳から十八歳くらいだが、男子では筋力や体力の勝った年かさの選手の方が有利だ。ファイナルに出場しているのも、ジュニアの上限年齢ぎりぎりの選手ばかりだ。当時まだ十五歳、色白で、同じ年頃の少年と比べてもきゃしゃな川瀬は、ひとまわり小さく見えた。青年の中にひとり子どもが交じっているようだった。

川瀬は氷の上に立つと、様子が変わった。ひときわ大きく見える。大西はあまり好きな言葉ではなかったが「オーラがある」というのだろうか。川瀬は自信に満ちた態度でリンクを周回する。フォア、バックと交互に滑って氷を確認すると、途中でコーチのもとに行き、アドバイスを受ける。それにうなずいて、また氷の上に戻る。そして、ジャンプ。当時の大西はまだジャンプの区別がつかなかったが、三回転を跳んだことはわかった。

ほお、ちゃんと跳べるじゃないか。ほんとに怪我しているのか？

川瀬は六分間練習の間に三度三回転《トリプル》ジャンプを跳んだ。どれも成功した。とても怪我しているようには見えなかった。そして、その印象は本番でも変わらなかった。七つのジャンプのうち五つはクリーンに決め、二つは回転不足とステップアウトを取られたものの、転ばずに堪《こら》えた。音楽にもよく合っていて、怪我をしているとはとても思えなかった。

川瀬はその試合で優勝。初めて世界一の称号を手にしたのだった。それを目の当たりにした大西は、怪我というのは間瀬のブラフだったのだろう、と思った。相手はジュニアだ。よけいなことを言って、マスコミ関係者に過剰な期待を抱かせないように煙幕を張ったのだ。

「川瀬光流、よく頑張ったね。あの子、体調悪かったんでしょ？」

翌日、会社で矢野《やの》さやかが大西の顔を見るなりそう言った。矢野は大西とは同期。報道番組のアシスタントをしている。フィギュアスケートの熱烈なファンで、大西がフィギュアの担当に決まった時、フィギュア雑誌や昔の試合を録画したＤＶＤなどを資料として貸してくれた。彼女自身は仕事があるから会場にはなかなか足を運ぶことができないが、行ける時には全日本の地方予選まで観に行く熱意を持っていた。今回ジュニアの中継はなかったが、優勝したということでシニアの枠の中で川瀬の演技だけ切り取って放映されていた。さやかはそれを観たのだ。

「前の試合で腰を悪くして、三日前まで寝込んでいたって言う人もいたけど」

「やっぱりね」

矢野は我が意を得たり、というようにうなずいた。

「どうしてわかった？　ジャンプもまあ決まっていたし、怪我しているようには見えなかったけど」

「ちゃんと観てればわかるよ。いつも演技に入れているビールマンスピンを省略していたし、シットスピンも、いつもならもっと腰を落として回っている。後半のステップもキレがなかったし。ああ、どこか傷めているな、と思ったんだ」

「さすがだなあ。テレビ観ているだけで、そこまでわかるのか」

ビールマンっていうのは、足を後ろに異常に高く上げるスピンだったな。女子の専売特許だと思っていたけど、あの川瀬って子は男子なのにそれができるのか。

「フィギュアおたくを馬鹿《ばか》にしちゃいけないよ。好きな選手だったら、リンクに立った瞬間の顔を見ただけで、調子がわかるんだよ」

矢野はちょっと得意げな顔だ。フィギュアおたくだと自認している矢野は、実際そうなのだろう。もっとも矢野の推しは川瀬ではなく、シニアのエースだったが。

「すげーな」

「感心してるんじゃないよ。私程度のファンなら、ごろごろいる。あんたは放送を担当しているんだから、それ以上に詳しくならないと」

「はい、おっしゃる通り」

冗談めかして大西は答える。矢野の言葉は悪態のようだが、彼女なりの忠告だということはわかっていた。フィギュアファンの熱心さは当時から有名だった。放送をする自分も、彼女たちに負けないように勉強しないと、信頼を摑《つか》めないだろう。

「あの川瀬って子は将来大きくなるよ。きっと、オリンピックのメダル争いに絡んでくるような選手になる。今から追っかけといた方がいいよ」

忠告とも予言とも取れる矢野の言葉を、大西は忘れられずにいた。川瀬のことは特に注目する選手として、心のメモに書き記したのだ。

だから、シニアに上がった後の川瀬が、捻挫《ねんざ》から完治してないまま世界選手権に出場したことも、三十八度の熱でふらつく身体でNHK杯に出たことも知っていた。現場にいれば、おのずとそういうことは耳に入る。川瀬の関係者から「オフレコだけど」と、事情を教えられることもあった。それらはマスコミに流れることはなかった。川瀬自身がそれを明かすことを望まなかったし、フィギュアスケートを専門に取材している媒体は、その意図を汲《く》もうとしたからだ。長く取材を続けようとするなら、そういう信頼関係がないと、よい取材はできない。

川瀬が自分の怪我を明かさないのは、それで同情されたくないから、ということもあるが、何より負けた時の言い訳にしたくないからなのだろう。痛みを抱えてもそれをコントロールして、その時できるベストを尽くすのが強い選手だ、と言ってはばからない。川瀬という選手は見かけの優し気な雰囲気と違って、中身は男っぽい。勝負師なのだ、と大西は思っている。

川瀬がオリンピックでメダルを獲ってからは事情が変わった。川瀬の人気が沸騰し、一挙手一投足が注目され、いろんな媒体でその言動が逐一報道されるようになった。スポーツ新聞から女性週刊誌まで、川瀬のことならなんでもネタになった。そうなると、隠し事は難しくなる。川瀬の怪我も病気も体調の良し悪《あ》しも記事になった。川瀬本人も彼を守る関係者も、ガードが固くなった。以前はホテルの廊下などで川瀬と偶然会ったりすると、軽く立ち話をした。いつ会っても愛想よく、こちらをねぎらうような言葉を口にした。川瀬の横には、常に母親がついていたが、それを遮ることもなかった。

　いつの間にか川瀬の横には母親ではなくマネージャーが付き添うようになり、川瀬との間に立ちはだかった。

「申し訳ありませんが、川瀬は疲れていますので」

　元はアイスホッケーの選手だったというその男性は、背が高く体つきもがっちりしており、川瀬の前に立つと本人の姿は隠れてしまう。マネージャーというより、ボディガードのようだった。

　実際、ボディガードが必要だった。熱心なファンは川瀬の後を追いまわし、泊まっているホテルへも押し掛けた。大方は遠巻きに見守るだけだが、なかには川瀬を取り囲み、サインや写真をねだるファンもいた。

「わ、これ見て。ひどいと思わない？」

　矢野が見せてくれた動画は、フィギュアファンの間で出回ったものらしい。川瀬がホテルに着いてエレベーターに乗り込むところをスマートフォンで撮影したものだった。二十人ほどの女性が身動きも取れないほどぎっしり取り囲み、川瀬の腕を摑んだり、髪の毛を引っ張ったり、何事か叫んでいたりする。みな一様にスマホを川瀬にかざしている。サングラスを掛けた川瀬は、黙って下を向いたまま足を止めずに進んでいた。その顔は白く、表情をなくしていた。

「なんでも、光流のバッグに手を突っ込んだり、髪の毛を引き抜こうとしたりする人もいたんだって。日本じゃこんな騒ぎは起こらないけど、海外にはほんと、たちの悪いファンもいるからね」

「アイドル並みだね」

「アイドルなら、もっとガードが固いよ。事務所が管理しているから、安易にファンは近づけない。光流はアマチュアの選手だから、自分で守るしかないし」

日本スケート連盟が選手を守らないのか、と非難するファンもいるが、連盟は非営利組織だし、基本はボランティアだ。人員も少なく、海外で試合している選手の安全にまではなかなか手が回らない。そもそもアマチュアスポーツなのに、アイドル並みの人気者が生まれることは、連盟も想定していなかっただろう。

川瀬は自分の責任を誰よりわかっていた。マスコミの取材には精力的に対応し、どんな質問にも即座に的確な答えを返す。ファンに対しては常に前向きなメッセージを発し、ファンの見ていない裏側でも、おごることなく笑顔を絶やさない。頭のいい、自分の考えをはっきり持つ選手だった。

その川瀬が、失踪なんてするだろうか？

大西はまだそれをうまく咀嚼《そしゃく》できない。ただ、ふと思い出したことがあった。スケートのことについては淀《よど》みなく語る川瀬が、自分自身のプライベートについて語る時、言葉に詰まることがある。たいした質問ではない。「ガールフレンドは？」とか「好みの女性のタイプは？」とか「休みが三日取れたら何をしますか？」といった、他愛《たわい》のない質問だ。そんな時、許可を求めるように視線を遠くに向けることがある。視線の先にいるのは母親か、事務所の幸田《こうだ》という女性だ。プライベートな発言に関しては、内容を管理されているのだろうか、と思ったのだ。

その時、胸ポケットのスマートフォンがＬＩＮＥの着信を告げた。取り出して送信者を見る。妻の葉子《ようこ》だ。

『今日は何時に帰りますか？』

それを見て、一気に気持ちが重くなる。妻は、今日娘の学校で先生と面談したことについて、大西と話し合いたいのだ。娘の花梨《かりん》が、この三週間、学校を休んでいる。学校に行きたくない、と言って、部屋に引きこもっているのだ。

『今日は深夜まで掛かる。先に寝ていて。話は明日聞く』

そう返信をする。娘のことは心配だ。だけど、先生もしばらくそっとしておけと言うんだから、今日はもういいじゃないか、と大西は思っている。

娘の学校は、思っていた以上にちゃんとしていた。学校は隠蔽《いんぺい》体質だとよく言われるので、大西も最初はかまえていたのだが、教師の話を聞いて考えが変わった。娘の不登校について親身になって考えてくれて、こちらが言い出すまでもなく、いじめについての調査もしてくれていた。その結果いじめはないと思われる、という報告をまとめていた。その根拠となる生徒のアンケートをすべて見せてくれた。さすがは人権教育を真っ先に学校方針に掲げる名門私立だけある、と思った。

「とは言え、私たちの目に見えないところで、お嬢さんにとって苦しいことがあったかもしれません。この年代はデリケートですから、ささいなことでも傷つきやすいものです。あるいは何か学校以外の場所で、お嬢さんにとってつらいことがあったのかもしれません。引き続き私たちも調査しますが、不登校といってもまだ三週間ですし、今週末からは冬休みに入りますから、しばらくそっとしておいてあげた方がいいと思います」

五十代のベテランの男性教師の言葉を聞いて、大西は大いに安堵《あんど》した。学校に常駐する心理カウンセラーが、娘との応対の仕方についてもいろいろとアドバイスをくれた。

「お嬢さんを無理に問い詰めようとしないことです。でも、会話することは大事です。会話が続く限りは、お嬢さんは親御さんに対して関係を切りたくない、と思っているということですから。なんでもいい、学校や友だちのことには触れないで、あたりさわりのない雑談を続けるようにしてください」

心理カウンセラーの言うことは理にかなっている。妻は不満そうだが、それを守ることが状況をよくする第一歩だろう、と大西は思う。だが、大西自身は週末くらいしか娘と会話する時間はない。週末にしても、試合の中継が入れば、家にはいない。結局、妻がこれをどれくらい実行してくれるかに懸かっているのだが。妻は娘の不登校にショックを受け、感情的になっている。ちゃんと実行できるかは心配だ。

ふいに耳がしん、とした。整氷車がリンクからバックヤードへと去り、会場内に響いていたモーター音が消えたのだ。整氷が終わって、公式練習が再開される。

「第三グループの選手のみなさんは、練習を開始してください」

場内アナウンスと共に、リンクサイドに待機していた選手が次々氷の上へと進んで行く。ショートは第五グループまである。ジュニアも交じっているので正確なランク付けは難しいが、おおよその国内順位の低い方から滑っていく。第三グループともなると、入賞圏内に入ってくるような選手も交じってくる。

大西は考えるのをやめた。鞄からノートとペンを取り出して、視線をリンクへと向ける。氷上の選手たちは、それぞれ自分のやることに没入している。川瀬が出ても出なくても、花梨の不登校が続いていても、試合は行われる。中継もある。十分な準備をしてそれに臨むことが自分の役割だ。そうして、目の前のこと以外を無理に頭から追い払った。

すべての公式練習が終わった後は、開会式、抽選会と続く。全国から一年ぶりに集まった選手たちが、抽選会場では制服やスーツ姿で和気あいあいと談笑している。主役は不在だったが、だからこそそれぞれの選手たちの動向に目が行った。選手たちは、この場所に来られたという誇りと自信を胸に抱き、まぶしいほど明るかった。川瀬がいればどうしても川瀬の言動にみんなの注目が行く。川瀬中心にものごとが動く。全日本まで勝ち抜いてきた選手たちでさえ、川瀬の背景になってしまうのだ。

川瀬のくじは、同じアメリカのリンクで練習しているアイスダンスの男子選手が代理で引き、三十番と発表された。最終滑走者だ。「ラスボスじゃん」と選手の誰かが声を上げ、みんなが笑った。周りの選手たちが、くじを引いた選手の肩や頭を親し気にこづく。本人も「やっちゃったよ」と言いながら笑う。その後、主力選手のコメント取りが行われ、抽選会はなごやかな雰囲気のままで終わった。選手たちは笑いさざめきながら退場した。

選手が退場すると、場にはぴんと緊張の空気が張り詰めた。これからが本番、とでもいうように。

「では、これで」

と、立ち去ろうとするフィギュアスケートの強化部長の八木《やぎ》を、記者たちが取り囲んだ。

「川瀬光流の症状はどうなんですか？」

「インフルエンザだったら、試合には出ないってことですか？」

「本人はいま、どこにいるんですか？　病院に入院しているんですか？」

口々に強化部長を問い詰める。ここに集まって来た記者たちの大半は、川瀬のためだけにここにいる、と言っても過言ではない。抽選会でも、川瀬の写真やコメントが取れるなら押さえておきたい。取るに足らないコメントでも、川瀬の口から出たものであれば、大きな見出しになるかもしれないのだ。

「まあ、落ち着いてください。今日の十時に発表したように、川瀬光流は現在風邪のため、ホテルで休んでいます。昼頃測ったところ、体温は三十七度二分ということですから、それほどひどくはありません。ですが、インフルエンザの疑いもあり、感染を避けるために今日明日はホテルにこもっております。インフルエンザでないことがわかれば、二日後のショート・プログラムには間に合わせる、と本人も言っていますので、どうぞ、騒がずに見守ってください」

それだけ言うと、強化部長は部屋を出て行こうとする。記者たちは追いすがり、何か情報を引き出せないか、と躍起になっている。

大西はそれを横目に見ながら、部屋を出て行く。三十分後に会場にほど近い、大会のオフィシャルホテルの一室で、男子のナンバー2とナンバー3の若手二人の対談が行われるのだ。川瀬の独占インタビューの代わりに、急遽《きゅうきょ》セッティングされたものだった。それは明日の特番の中で流されることになっている。司会進行は中継キャスターの女性アナが担当することになった。大西の出番はないが、明後日《あさって》の本番に向けて選手たちのコメントを聞いておきたかった。放送で流されない部分に大事なコメントが出てくることもあるし、ちょっとした仕草に選手たちの緊張や本音が現れる。それを確認しておくのも、本番へ向けての準備のうちだ。

ほかのスタッフたちは既にそちらに向かっている。急ぎ足で会場の関係者出入口を出ようとしたところで、前を歩いていた男性にぶつかった。男性は、耳にスマホをあてていた。大西の手から、持っていた資料がこぼれ落ちる。

「すみません」

大西はそう言いながら、床に散らばった資料をすばやく集める。廊下の電気の光量が絞られ、隅の方は薄暗い。

「いえ、こちらこそ電話していたものですから。道の真ん中でぐずぐずしていて申し訳ない」

相手の男性が、廊下の端まで転がったボールペンを拾って大西に手渡した。それで、相手の顔がはっきり見えた。

「なんだ、鈴木《すずき》さんでしたか」

「孝さんだったか」

同時に声を出した。相手はフィギュアスケートのスポンサーをしている大手建設会社の広報担当者の鈴木晴信《はるのぶ》だった。海外の試合でもよく会うので、自然と会話するようになった。旅先で食事したことも何度かある。同じ大学の同じ学部出身だということもあって、親しみも感じていた。

「たいへんですね。川瀬くん、失踪したんですって？」

開口一番、かまを掛けた。相手は川瀬個人のスポンサーもしている。スポンサーなら、川瀬サイドから直接説明を聞いているだろう。

「誰がそんなデマを。あるわけないじゃないですか」

即座に鈴木は否定したが、目は泳いでいる。デマではない、と大西は悟った。

「うちのスタッフが、昨晩遅く川瀬がホテルを抜け出すのを見たそうです。安心してください。うちは漏らしませんから。川瀬の全日本での活躍と大会の成功を、うちこそ願っていますから。川瀬あってのゴールデン生放送ですし」

鈴木は二、三秒じっと大西の顔を探るように見た。そして、しょうがない、というように首を振った。

「なんだか、わけがわからないよ。昨日までは元気で、試合に出る気満々だったんだ。昨年は怪我で出られなかったし、今年は万全の体調で張り切っていたんだが」

「どちらに向かったんですか？」

「それはわからない。置手紙があって、試合までには戻るから探さないでくれ、とだけ書かれていた」

「試合までには戻る。ということは、明後日ということですか。誰か行先は知っているんですか？　母親は？」

今回も母親が付き添って現地入りしたことは確認している。光流の行動については、彼女がいちばんよく知っているはずだ。

「いや、今回は母親も知らなかったらしい。母親の方はショックで卒倒したそうだ。それでも『このことは内緒にしてほしい。息子が言うからには、試合には絶対戻る』と言っている。それで関係者が打ち合わせをして、ああいう形で発表したんだ。まあ、どっちにしても川瀬が失踪なんて言ったら、大騒ぎになるからな。大会に出るのは川瀬だけじゃない、ほかの選手のためにも沈黙した方がいい」

頼むよ、というように鈴木が大西の目をのぞき込んだ。鈴木の会社は川瀬以外にもスポンサーとして何人かの選手をバックアップしている。川瀬の失踪のために、ほかの選手たちの頑張りがかすんでしまうのは、本意ではないのだ。

「それはそうですね。うちとしては、川瀬が無事に戻りさえすれば、どこに雲隠れしていたかなんてどうでもいい。よけいなノイズはいらない。試合が試合として盛り上がることだけを願っています」

ありがとう、というように、相手は大西に軽く会釈した。その後ふたりは別れ、それぞれの仕事の場所へと向かって行った。


選手ふたりの座談会に立ち会った後、ディレクターと翌日の特番の内容変更について打ち合わせしたりした。

「ところで、川瀬の失踪の件ですが」

大西が鈴木から仕入れた話をしようとすると、田沢は手を振った。

「いや、それはもういい。上の方からこれ以上詮索《せんさく》するな、というお達しが来た」

「上の方から？」

「多分スポンサーサイドだろう。川瀬の価値を傷つけるような情報は一切外に出すなってことだ。それに、川瀬サイドは試合には出るという。試合にさえ出るなら、我々に文句はない」

「しかし……」

鈴木は、母親さえ川瀬の居場所を知らない、と言っていた。彼が試合に戻るという保証はあるのだろうか。

「川瀬サイドは、これがもし騒ぎになるようなら、このまま全日本を欠場させる、と言ったらしい」

「全日本を欠場……」

「そうなっていちばん困るのは、我々マスコミだ。川瀬ひとりに数字を頼っているんだからな」

川瀬ひとりの活躍で、視聴率の数字が変わる。新聞の売り上げも変わる。いちばん困るのは、雑誌媒体だ。アマチュアスポーツを報道するという建前を掲げ、川瀬個人の写真集のような本をスケート連盟にも無許可で出している。全日本に川瀬が欠場することになれば、そうした雑誌そのものが成り立たなくなる。

「もし、全日本に出ないとしたら、五輪はどうなるんです？」

今回の全日本選手権は、五輪の代表選考会も兼ねている。五輪出場を望むなら、参加することは必須《ひっす》だ。

「さあ、どうなるかな。昨年の全日本はちゃんと医師の診断書を出しての欠場だったから、特例が認められた。今回はおそらく診断書はないだろう。それでもスケ連が川瀬を代表に選ぶかどうか、微妙なところだ」

川瀬サイドは五輪欠場まで覚悟しているのだろうか。それとも、全日本をすっぽかしても川瀬は五輪に出られると信じているのだろうか。

そもそも川瀬はどこに行ったのだろう？

「つまり、川瀬の全日本出場を盾に、緘口令《かんこうれい》が敷かれたってことですか？」

「そう言えないこともない。でもまあ、川瀬は十年にひとり、いや、百年にひとり出るか出ないかのような大スターだ。だから川瀬が強い選手、人格的にも立派な選手というイメージを傷つけるようなことは、うちとしたらすべきじゃないんだ。川瀬の価値が上がれば上がるほど、我々の仕事は楽になるんだからな」

田沢はそう説明したが、それは大西ではなく、自分を納得させようとしているようだった。

大西は釈然としないまま、タクシーを呼んで会場を後にした。明日はアイスダンスと女子ショートの日。大西の担当はないが、男子の公式練習を見るために、会場に通うつもりだ。本番に向けて、資料作りの仕上げもしなければならない。川瀬のことばかりにもかまけていられない。

その日大西が帰宅したのは、夜中の二時を過ぎていた。

高層マンションの十五階にある自宅に着くと、玄関の明かり以外は消えて、家の中は暗かった。大西はほっと緊張が緩んだ。物音を立てないようにそっと靴を脱いで、玄関脇の書斎に入ろうとした。仕事柄大西は時間が不規則だ。深夜帰宅や早朝出社も珍しくない。そういう時は書斎のソファベッドで休むことにしていた。

部屋に入ろうとすると、背中に「おかえりなさい」と、声がした。寝間着にガウンを羽織った妻の葉子が、廊下にぼんやり立っている。その目は虚《うつ》ろでどこを見ているのかわからない。目の下にはくっきりと隈《くま》ができている。

「すまない、起こしてしまったかな」

内心、しまったと思っていた。捕まってしまった。葉子は自分が帰るのを、じっと待っていたのだろう。それを恐れて、帰りをわざと遅らせたのだが。

「いえ、いいのよ。お茶でも淹《い》れる？」

その言葉で、すぐには寝かせてもらえないことを大西は覚悟した。

「うん。寝る前だから、カフェインレスのをもらえるかな」

「カモミールかレモングラスがあるけど。それに、黒豆茶も」

「じゃあ、黒豆茶で」

葉子がお茶を淹れている間に、大西は洗面所に行って手洗いとうがいをした。顔もばしゃばしゃと洗う。

このまま長くならなきゃいいけど。そういうわけにもいかないだろうな。

大西がリビングに行くと、葉子はソファにぼんやりと座っている。その前に、黒っぽい色のお茶を淹れたマグカップが二つ並んでいる。

「あの後、どうなった？」

葉子の前に座ると、大西はお茶を取るより前にそう聞いた。仕事があるから、と大西は先生との面談を中座したのだ。一時間を予定していたのだが、先生たちが熱心だったので、会話は一時間を超えて続いていた。

「別に。どうせ先生はあまり力になってくれないから」

「聞き取り調査はしてくれたんだろ？　ほかの先生たちにもいろいろ確かめてくれていたし、アドバイスもしてくれたじゃないか」

「そんなこと。自分たちはちゃんとやっています、ってアリバイ作りなんだわ。不登校の生徒を出したら、学校の評判に響くから」

化粧っけのない葉子の眉間《みけん》には、深い皺《しわ》が刻まれている。娘の花梨が理由もなく学校を休むようになって三週間。花梨よりも葉子の方が動揺し、日々やつれていく。

「そんなことを言うもんじゃないよ。先生方は真剣に花梨のことを考えてくれている、って俺は思ったよ」

娘の花梨はこの春から都でもトップクラスの女子中学に通っている。長い受験生活を経て合格した第一志望の学校だったし、生徒の主体性を尊重する校風もよかった。花梨も喜んで通っているように見えたが、十二月に入ってから突然、学校を休むようになった。その理由は葉子にも大西にもさっぱりわからない。

「だけど、調査の結果、いじめの事実はないって言ったのよ。だったら、なんで花梨が不登校になるわけ？　学校に都合の悪いことを隠蔽しようとしているんじゃないの？」

「しっ、声が大きい」

大西が娘の部屋の方に視線をやりながら注意すると、葉子ははっとしたように口をつぐんだ。

「きみの気持ちはわかるが、夜中にどうこう言っても仕方ない。それに、こういう話は夜中にしない方がいい。疲れているし、考え方が暗くなりがちだ。この続きは明日起きてからにしないか？」

学校で特に変わったことがなかったとすれば、思春期特有の、漠然とした将来への不安みたいなものかもしれない。大西は妻ほど悲観的になってはいない。

「だけど、あなたはどうせ仕事じゃない。今日から埼玉《さいたま》に通っているんでしょ？」

声は潜めたが、相変わらず葉子は感情的になっている。無理もない。花梨はずっと手の掛からない子だったのだ。学校でもずっと品行方正、成績優秀。小学校の時には教師に「申し分ないお子さまです」と言われた、と葉子は自慢していたのだ。

「まあ、そうだけど。花梨の学校にしても、もうすぐ冬休みだろう？　休みの間に気持ちが変わるかもしれないし、しばらくそっとしておこうよ。先生もそう言っていたじゃないか」

「あなたはそんな無責任なことを。不登校は早めに手を打たないと、ずっと長引いてしまうのよ。このまま花梨が引きこもりになったら、どうするのよ」

その気持ちはわからないではない。だが、いまの自分にそれを言われてどうする、と大西は思う。そもそも妻がひとりで行くのは嫌だと言ったから、忙しい仕事の合間を縫って学校まで行ったのだ。自分だってできる限り協力はしている。その努力は認めてくれてもいいだろうに。

「花梨も心配だが、きみのことも心配だ。睡眠も足りてないし、疲れていると思う。明日世田谷《せたがや》のお義母《かあ》さんに来てもらって、話を聞いてもらったら？」

「母に来てもらうですって？　とんでもない、そんなみっともないこと、母になんて言えない」

アドバイスしたつもりが、逆ギレされてしまった。妻と妻の母の仲はどことなくぎくしゃくしていた。仲が悪いわけではないが、張り合うような雰囲気がある。女同士の関係は大西にはわからないが、葉子は自分の弱みを見せたくないのだろう。

わかった、わかった、と大西は妻をなだめる。

「無理にそうしろ、とは言ってない。誰かと話をしたら、葉子も少しは気持ちが楽になるかと思ったんだよ」

「そんなのできるわけない。娘が不登校なんてみっともないこと誰にも話せない」

みっともない。葉子はよくその言葉を使う。

他人にどう見られるか。それを過度に気にする。それを除けば、いい妻でいい母親だった。大西の仕事にも理解があり、帰宅が遅くなっても、土日仕事でいなくても、文句を言われたことがない。大西の同僚には『私は留守番するため結婚したんじゃない』と言われて離婚された者も何人もいる。専業主婦の母に育てられ、男を立てることが大事だと言われて育った葉子と結婚したのは正解だった、と大西は思っていたのだが。

「わかったよ。わかったから、もう寝よう。ここで言い争っていても仕方ないし、明日も早いんだ。頼むから寝かせてくれ。全日本の仕事が終わったら、ちゃんと花梨とも話し合う。だけど、いまの仕事が終わるまでは待ってくれ。これが俺にとっては大事なものだとわかっているだろ？」

強い語気で言うと、葉子は黙り込んだ。文句は言っても、仕事のためという言葉には葉子は逆らえない。男にとっては仕事が第一、と思ってくれているのだ。

「先に休んで。薬は飲んだの？」

ここ数日、眠れないという葉子は、医者に睡眠導入剤を処方してもらっていた。

「ええ、さっき。そろそろ効いてくると思うけど」

葉子は少し落ち着きを取り戻したようだった。

「だったら、もう休んで。俺、風呂《ふろ》に入ってから寝るから」

そう言うと、葉子は素直に寝室に戻って行く。大西はやれやれ、と肩を落とした。


風呂から上がった後、すぐには眠れそうになかったので、大西は寝酒を作ろうとキッチンに行った。葉子は眠ったのか、寝室からは音がしない。

氷を入れたグラスにウィスキーを注《つ》ぐと、電気を消してリビングのソファに座った。都心の高層マンションの掃き出し窓からは、東京の夜景がよく見えた。深夜なので灯《あか》りもまばらになっているが、光が完全に消えることはない。きらきらとビーズのようにまたたいている。もうしばらくすると山手線が動き出す。出社時間まで少しは眠れるといいが。

大西が物思いに沈んでいると、ふいに目の端が明るくなった。そちらの方に目をやると、キッチンカウンターの向こうに娘の花梨がいて、冷蔵庫を開けて何かを探している。

「花梨、起きていたのか」

大西はソファに座ったまま、娘に声を掛ける。

「ああ、びっくりした。そんなところで、何しているの？」

「夜景を見ていた」

花梨は牛乳をマグカップに注ぎ、ココアの粉を入れて電子レンジにかけた。二分もしないで温めが終わる。

「こっちに来ないか？　夜景がきれいだ」

大西が誘うと花梨は少し躊躇《ちゅうちょ》していたが、マグカップを持ってゆっくり歩いて来た。大西の前に座る。

「今日も早いんでしょ？　早く寝た方がいいんじゃないの？」

「ちょっと気持ちが高ぶってね。いろいろあったから」

「いろいろ？」

「いま、フィギュアの全日本選手権に行っているんだ。今年も男子を担当することになってね」

学校に常駐する心理カウンセラーには、娘を問い詰めるな、とアドバイスされた。

問い詰めない、否定しない、説教しない。

自分から言い出さない限り、学校のことや友だちのことは話題にしない。会話を続けること自体はとても有益だが、子どもに親との会話を苦痛だと思わせてはいけない。苦痛だと思ったら、子どもはこころを閉ざしてしまう。だから、当面あたりさわりのない雑談を続けなさい、と。

妻はそのアドバイスに不満そうだったが、理屈で説明されて、大西は大いに納得した。有益なアドバイスだと思った。

だが、自分ひとりで花梨と対面するとは思っていなかった。そんな機会はいつ以来だろう。留守がちな大西は、娘との接点がない。娘の好きな芸能人も知らなければ、何が趣味かもわからない。いざ雑談するとなった時、思いついたのは今日の仕事のことぐらいだった。これなら、娘のこころの負担にはなるまい。

「それで問題が発生したんだ。川瀬光流、知っているだろ？　オリンピック王者の。今日、彼のインタビューを取るはずだったんだけど、ドタキャンされたんだ」

「珍しいね、仕事の話をするなんて」

大西は家庭に仕事をなるべく持ち込みたくなかった。だから、大西がいる時には、大西の映っている番組はつけさせない。もっとも大西がいない時に、妻は大西の出演する番組を全部録画してチェックしていた。娘の花梨は、ある時期までは喜んで母親と一緒に観ていたようだが、小学校の高学年になるくらいからは恥ずかしがり、まったく観なくなったという。成長期には娘は父親のことを否定することもある、という知識があったので、大西自身はあまり気にしてはいなかった。

「まあね、ちょっとショックだったんだ。川瀬の単独インタビューが取れる機会は少ないし、前から取りたいと思っていたから」

「どうしてドタキャンされたの？」

花梨に聞かれて、一瞬躊躇したが、ここで娘との会話をやめたくない、と思って、大西は続けることにした。

「これは内緒の話だけど……川瀬が失踪したんだよ」

「失踪？　いなくなったってこと？」

声のトーンが少し高くなった。暗くて表情はわからないが、驚いているようだ。

「本人は明後日の試合までには戻るって置手紙を残しているけど、周りは大慌てだ。川瀬にはスポンサーが何社もついているし、マスコミも彼のことを追っかけているからね」

「試合までに戻るって言っているなら、いいんじゃないの？」

花梨の声には、ほっとけば、という響きがあった。

「そういうわけにはいかないんだ。フィギュアスケートっていうのは繊細な競技だから、試合前の過ごし方も大事だ。試合の前にリンクの氷の感触を確認して、それによってエッジ、わかるかな、スケート靴の先についている刃の部分を調整したりするんだ。試合前に試合のリンクで練習できるチャンスは三回しかないし、一回につき一時間もない。練習の出来不出来が勝敗を左右することもある。だから、川瀬ほどの選手が公式練習に出ないというのは、ちょっと考えられないんだよ」

仕事がらみの話なので、大西はつい熱く語ってしまう。

「それに、ファンもみんな、彼の姿が観られるのを楽しみにしている。彼はいつもアメリカで練習しているし、日本でファンの前に現れる機会は少ない。全日本は滅《めっ》多《た》にないチャンスだし、公式練習でも姿が観られるのはみんな嬉《うれ》しいんだ。彼のスポンサーも、彼のマスコミの露出が増えることを望んでいる。彼もそういう事情はよくわかっている。真面目《まじめ》な子だし、頭もいい。フィギュア選手みんなの模範となるような優等生だったんだ。練習をすっぽかすような無責任なことをするというのは、ちょっと考えられないんだよ」

「だからじゃないの？」

なおも語り続けようとする大西の言葉を、ふいに花梨が遮った。思わず大西は「えっ」と声を上げた。

「真面目で頭もいい。優等生だっていうレッテルを貼《は》られて、日本を引っ張っていく存在だという役割を背負わされて、きっと疲れちゃったんだよ」

「いや、そんな子どもじみたことは……」

「だって、川瀬ってまだ若いんでしょ？　二十歳くらい？」

「いや、もう二十七歳だ。フィギュアの選手たちは毎日練習ばかりだから、みんな精神年齢がふつうより若いとは思うけど」

「それでも、まだ二十代じゃない。そういう子におとなたちが群がって、いろんな期待をされるって、すごいプレッシャーだと思う」

それは確かにそうだ。若い川瀬を利用しようと、いろんなおとなが欲得ずくで取り巻いている。俯瞰《ふかん》して見れば異様だろう。

「確かに、プレッシャーはすごいだろう。だけど、彼はずっとそういうプレッシャーと戦ってきた。昨日今日始まったことじゃない。それに、世界選手権ならいざ知らず、全日本なんて、勝って当然の試合だし」

「勝って当然なんて、外野だから言えるんだよ。それってしんどいよ。おまえならやれる。これくらい大丈夫。きっと乗り越えられる。激励しているつもりでも、本人にとっては重荷だよ」

大西はハッとした。もしかして、これは自分のことを言っているのだろうか。

中学受験の最中、葉子は嬉々《きき》として娘の受験を応援した。毎日塾へ送り迎えし、夜食を作った。問題集の進み具合やテストの結果を逐一チェックした。そして『花梨なら大丈夫、きっとできるわ。パパの娘だもの』と、励まし続けた。それがまるで自分の使命だとでもいうように。

自分も『花梨はこんなに努力しているんだから、きっと報われるよ。勉強は努力した分だけ、ちゃんと結果に表れるんだから』と、後押しした。

それが、花梨にはプレッシャーだったと言いたいのだろうか。

「人より目立つって、きっと嫌だったと思う。川瀬って子、フィギュアに興味ない私でも、テレビや新聞でしょっちゅう目にしていた。つまんないことでも、大騒ぎされてたよね」

「それはまあ、確かにね」

好物は何かとか、ファッションがどうとか、ハマっているゲームが何だとか、試合と関係ないことでも、川瀬のことならネタになった。つい先月は、週刊誌に熱愛報道が出ていたっけ。

「あの子は特別、あの子はふつうと違うって思われたら、友だちとも距離ができる。知らない人に話し掛けられたりするし。きっとカメラを向けられたりもするよね。そういうのって気持ち悪いよ。町を歩くのも嫌になるんじゃないかな」

これも自分のことだ。花梨は父親似だ。小さい頃から「おとうさん、そっくり」

と言われていた。仕事柄自分の顔を知っている人は多い。ふたりで街を歩いていると、知らない人に話し掛けられたり、いきなりカメラを向けられることもあった。自分は仕事柄仕方ないとあきらめていたが、花梨はどう思っていたのだろう。

その時、大西はふいに気がついた。

花梨がある時期から父親の出ている番組を観なくなったのは、父親の職業のことで特別扱いされたり、からかわれたりしたことがあったからじゃないだろうか。自分が思っている以上に、花梨は有名人の娘であることが苦痛だったのかもしれない。

そういえば、妻は娘によく言っていた。『パパはみんなに注目されるお仕事をしているから、あなたも注目される。あなたはそれに恥じないように行動しなさいね』と。だから、優等生じゃなきゃいけない、と花梨は自分を縛っていたのだろうか。

それをはっきり問い質《ただ》したい。だが、それはしてはいけないことだ、と大西は直感的に理解していた。問い質したら、きっと花梨は会話をやめる。

「だけど、彼はそういう生活をもう何年も続けてきたんだよ。なんで今になってそうなったんだと思う？」

これはぎりぎりの問いかけだった。どうしていま、そんな状態になっているのか。できれば教えてほしい。川瀬のことにかこつけてでいいから、自分の想いを語ってほしい。大西は切実に願った。

「さあ……。もしかしたら、本人にもわからないかもしれないね。ある日きっと、ぽきんと折れちゃったんだよ。頑張ろうという心のギアが入らない。このままだと、ほんとうにダメになる。そう思ったから、逃げ出したんじゃないかな」

ああ、やはりこれは花梨自身のことだ。

大西は胸が痛んだ。

優等生だから、親に反発することもできず、自分の中に引きこもってしまった。妻とうまくやっているから、仕事が忙しいから、と理由をつけて、自分は娘のことをちゃんと見てこなかった。それは自分の過ちだ。

「心のギアが入らないか。うまい表現だね。だけど、それってずっとそのままなんだろうか。壊れてしまって、もう元には戻らないんだろうか」

暗がりの中で、花梨がみじろぎした。カーテンの間から漏れる月光が、花梨の顔を一瞬照らした。大西の胸がどきん、と大きく鼓動した。

花梨は泣いている。静かに、声を立てずに泣いている。

言葉に詰まることなど滅多にない大西だったが、掛ける言葉がみつからない。

十秒、二十秒。

職業柄、無意識に間合いを計算してしまう。

何を言えばいいのだろう。どんな言葉を、花梨は求めているのだろう。

アナウンサー的なしゃべり方が、かえって邪魔になる時がある。きちんとした発声で、その場をまとめるようなことを口にする。それが、かえって相手の気持ちから自分を遠ざけてしまうことがあると、大西は経験上知っていた。

うかつなことを言えば、花梨はいっそう傷つく。そして、二度とこのことを語ってくれないだろう。

ふいに訪れた一発勝負の本番だ。失敗は許されない。

たっぷり一分ほどの沈黙が続いた。テレビ放映なら放送事故だ。だが、ほんとうに、何を言ったらいいのか、わからなかったのだ。

大西はようやく言葉を絞り出した。

「本人はすごく苦しかったんだろうね。みんな彼は優等生だと思っているし、彼なら大丈夫だと思っている。だからこそ、その苦しみを誰にも言えずに孤独だったんだろうね。そこに思い至らなかったのは……周りにいる人たちの責任だ。……だから周りはきっと、すごく後悔していると思う。……その痛みに気づかなかったことを、悲しんでいると思う」

言えるのはそれだけだ。まとまりも結論もないけど、語れるのは自分の気持ちだけ。いま、花梨に対して抱く激しい後悔だけだ。

それを聞いた花梨は、もう泣いていることを隠さなかった。嗚咽《おえつ》をし、身体を二つ折りにして激しく泣きじゃくった。まるで幼い子どものように。

一瞬、大西はどうしよう、と迷った。どう行動するのが、正しいのだろう。川瀬のことを語っているのだから、知らんふりするのがいいのだろうか。それとも、いままでのことを謝った方がいいのだろうか。

娘の泣き声が部屋に響いている。

もう迷ってはいられなかった。大西は立ち上がって娘の傍《そば》に行き、一瞬躊躇したが、ひざまずいて娘の背中に触れた。娘は拒まなかった。

それで、意を強くして、語り掛けた。

「すまなかった。ずっとつらかったんだね」

その声を聞いて、いっそう花梨は泣きじゃくった。

「ごめんね。パパはずっと花梨のほんとうの気持ちを聞こうとしなかったね」

そうして、大西は花梨の背中を撫《な》でた。優しく、できる限り優しく。

それ以上の言葉はいらない、と大西は思った。

娘の傍にいて、娘の悲しみに寄りそう。きっと娘が求めているのは、それだけなのだろう。

花梨は身体を起こして叫んだ。

「パパなんか、嫌い、大っ嫌い」

大西は思わず娘の身体を抱きしめた。

「悪かった。パパが悪かった」

「パパなんか嫌い」

花梨は言葉を重ねたが、大西の腕の中から逃げようとはしなかった。そうして、花梨は幼い子どものように泣き続けた。大西は左手で花梨の身体を抱き、右手で優しく背中を撫で続けた。いつまでも、いつまでも。

カーテンを開けたままなので、壁一面の窓からは空が見えていた。空の色は、いつの間にか漆黒から濃紺へと変わっていた。空とビルの境目のあたりがうっすらと茜色《あかねいろ》に染まっている。

新しい一日が始まる。今日から全日本の試合の本番だ。

そして、自分と娘との関係もこれから新しく始めるのだ。

空の色は刻一刻と変化し、鮮やかな朱色が一面に広がる。

部屋に響く泣き声は少しずつ小さくなっていった。大西はいつまでも娘の身体を抱きしめていた。

第三章　トレーナー

「拓哉《たくや》、お客さま」

玄関のチャイムに出た妻が、娘の相手をして『人生ゲーム』をしていた前島《まえじま》拓哉を呼びに来た。オーブンからチキンを焼くいい匂《にお》いが漂っている。

「こんな時間に誰《だれ》？」

時間は夜の六時を回っている。こんな時間に訪ねて来る相手には、前島は心当たりがない。マンションの管理組合か何かの人だろうか。

「名前聞いたけど、ぼそぼそ言っていて聞き取れなかった」

仕方なく、前島は立ち上がった。五歳の娘が「えー、いいところなのに」とふてくされた声を出した。

前島は日本スケート連盟に所属するトレーナーだ。昨日からフィギュアスケートの全日本選手権が行われているが、国内の試合なので帯同する必要はない。最終日には連盟トレーナーの全体会議があるので現地入りするが、それまではゆっくり家で観戦するつもりだった。

「ちょっと待っていて、すぐに戻るから」

前島は廊下に出て、玄関に立っている相手を見て「えっ？」と思わず声が出た。

「やあ、いまちょっといいかな」

男は前島の目から視線を外している。自分と会うのは後ろめたいのだろう。

「悪いけど、うち、今晩家族でクリスマス会なんです」

我ながらそっけない言い方だ、と前島は思う。だけど、こんな日には会いたくない相手だから仕方ない。

「まだ一日あるのに？」

今日はまだ二十三日。ふつうの家庭なら二十四日の金曜日か、翌日の土曜日にクリスマス・パーティをするだろう。

「妻の休みと俺の休みが重なるのが今日なんで」

妻の公休は毎週木曜日。前島もそれに合わせて顧客の予約を入れなかった。フリーで仕事しているので、こういう時には融通が利く。

「申し訳ない。話はすぐに終わる。五分だけでいいんだ」

男は軽く頭を下げた。前島は息を呑《の》む。昔は後輩に頭を下げるような男ではなかった。よほど何かがあるのだろう。

「じゃあ、五分だけ」

前島の答えに、リビングからの娘の焦《じ》れたような声が重なった。

「パーパー、まあだ？」

「ごめん、お客さんなんだ。ちょっと待っていて」

前島が奥に向かって言うと、娘が返事する。

「早くしてねー」

前島は男の顔を見ながら、声のした方にあごをしゃくって見せる。男は唇を申し訳なさそうに嚙《か》みしめている。

「まあ、そういうわけです」

「すまない。だけど、こっちも切羽詰まっているんだ」

この男は何をそんなに焦っているのだろう、と前島は不思議に思う。いつもは憎らしいほど泰然自若としているのだが。

「いったい、何があったんです？」

自分たち以外周りに誰もいないのに、相手は声を潜めた。

「光流《ひかる》がいなくなったんだ。どうやら昨日の未明に、車に乗ってどこかへ行ってしまったらしい」

「光流がいなくなった？」

前島は驚きのあまり、目を丸くして相手をみつめた。

「それは……ほんとの話なんですか？」

「ほんとうだ。ホテルの部屋に置手紙があった。ショートの日までには戻るから、探さないでくれ、と書いてあった」

「なんで、そんなことを。よりによって光流が」

前島の知っている光流は、誰よりもストイックで、勝負に対して真剣だった。試合の一週間前から毎日やることを決めていて、その通りに行動するという。食事さえ決まったものを決まった時間に食べるらしい。全日本選手権という大事な試合の前に、ルーティーンを乱すようなことをするとはとても考えられなかった。

「わからない。今回のことは誰にも内緒で、母親さえも知らなかったらしい」

「それで……なんで俺のところに来たんですか？」

相手は目をしばたたいた。言いにくいことを言う時の、この男の癖だ。

「きみなら、光流から何か聞いているんじゃないか、と思って」

「どうして俺が？　俺は連盟の一トレーナーに過ぎない。あなたこそ光流とは親しいはずだ。光流の専属トレーナーなんだから」

男は野坂修二《のさかしゅうじ》。前島の専門学校の先輩で、前島をスケート連盟の仕事に誘った人間でもあった。

「それはそうだが、光流はきみにこころを許していたから。時々きみに愚痴を聞いてもらっていたんだろう？」

「そりゃ、昔なじみだし、会えば話くらいはするよ。だけど、失踪についてはまったく知らない。光流にいちばん最近会ったのは三月の世界選手権だ。その時も挨拶《あいさつ》しただけだ。それ以降、会ってもいないし、話もしていない」

以前は会えばいろいろ話をした。遠征に帯同した時など、日本チームは少ない人数でずっと一緒に行動するから、嫌でも毎日顔を合わせるし、親しくもなる。そんな時にトレーニング方法の相談もされた。だが、野坂が専属トレーナーになってからはそういうことはなくなった。それでいい、と自分も思っている。野坂にまかせたからには、野坂のやり方に従うのがいちばんだ。

「電話はしていなかったのか？」

おずおずと野坂が聞いてくる。

「電話？　光流は携帯も何も持っていないんだろ？」

光流のその話は有名だ。電話やメールは練習の邪魔になるという理由で、持たないことにしているのだという。

「そうか、だったらいいんだ」

男は安堵《あんど》の表情を浮かべた。その表情がなんとなく引っかかる。

「光流の居場所を探しているのか？」

「ああ。だけど、騒ぎにはしたくない。連盟も緘口令《かんこうれい》を敷いている。それで、幸田《こうだ》さんと後関《ごせき》さんが心当たりをこっそり調べている。俺も、ホテルにいてもやることないし、落ち着かないからそれで」

幸田妙子《たえこ》は光流の個人事務所の代表、後関和重《かずしげ》はマネージャーだ。これにコーチのジャクソンとトレーナーの野坂、管理栄養士、光流の母親を加えると、チーム川瀬《かわせ》になる。大きな試合の時には、この六人でぞろぞろ行動している。

「彼女のところにでも行っているんじゃないの？　熱愛のお相手とか」

冷やかすように言うと、野坂がきっとにらんだ。初めて視線が合った。

「こんな時に冗談を言うな。そんなわけないだろう」

「どっちにしても俺は知らない。光流とはジュニアの頃からのつきあいだけど、チーム川瀬が知らないことを俺に話してくれるほど親しくはない」

「ほんとうに？」

野坂が疑うような目で前島を見た。前島は臆《おく》せず視線を野坂から逸《そ》らさない。先に視線を外したのは野坂の方だった。

「わかった。もし、何かわかったら連絡が欲しい。それから、悪いけどこの件は誰にも言わないでくれないか」

「わかっている。俺がそんなにおしゃべりだと思うか？」

「そうだな。じゃあ、よろしく頼む」

それだけ言うと、野坂は家を出て行った。

ほおっと大きく息を吐く。ほんの数分の会話だったのに、妙に疲れを覚える。

まさか、こんな形で野坂とまた会話するとは思わなかった。

『光流はきみにこころを許していたから。時々きみに愚痴を聞いてもらっていたんだろう？』

それを言った時のあの心細そうな目つき。

自分は光流からこころを許されている、と思っていないのだろうか。野坂はそんなにも自分と光流の関係に自信がないのだろうか。

光流は人懐っこいやつだと思っていたけど、いまは違うのだろうか。野坂だってチーム川瀬のメンバーなのに、こころを許してないとしたら、ちょっと寂しい。

野坂が帰った後も、前島はぼんやり玄関に立ち尽くしていた。初めて光流と話をした時のことを思い出す。


「あの、ちょっと聞いていいですか？」

臆した様子もなく、光流は自分にまっすぐ視線を向けていた。あれはまだ光流がジュニアに上がったばかりの夏合宿のことだった。長野の夏は暑く、蟬《せみ》の声が大きくなったり小さくなったり、波のようにさざめいていた。光流はノービスの頃から合宿には参加していたから、合宿慣れしている様子だった。一方自分の方は、ようやく見習いから正式に連盟のトレーナーになったばかりだった。

「何？　どんなこと？」

名前を聞くまでもなく、川瀬光流のことは知っていた。ノービスの頃から突出した選手で、連盟の期待するホープだ。コーチの柏木豊《かしわぎゆたか》とも会って、どういう選手かは聞いていた。合宿に参加する前に、前島は主力選手を抱えているコーチたちに、ひととおり選手について話を聞いていたのだ。

柏木コーチの光流の評価は、絶賛といってよかった。

あらゆる面で恵まれた選手。柔軟性も、体幹の強さも、氷に対するセンスも、音楽を表現する心も、勝負に対する執着心も、辛抱強く努力する姿勢も、およそフィギュアスケーターが必要とされるものはすべて持っている。

「ここだけの話、これだけ恵まれた選手に出会うことは滅多《めった》にない。僕のコーチ人生でも、ひとり会えるか会えないかの逸材だと思うよ」

柏木豊はそう言って満面の笑みを浮かべた。自分の選手をここまで手放しで褒めるコーチは珍しい。よほど光流のことを気に入っているのだろう、と前島は思った。

その日の午前中見ていた限りでは、そこまで特別だとは思えなかった。この合宿に来る選手は、だいたいが並み以上のレベルだ。光流は、身体の柔軟性と振付を覚える速さは目立っていたが、それ以外は突出したところもなく、ほかの男子と子犬のようにじゃれているところばかりが印象に残っている。ふつうの中学生に見えた。

　こうして光流と向き合うと、クラスの委員長というような、真面目《まじめ》で賢そうな雰囲気を漂わせている、と思った。フィギュア選手にはちょっと珍しいタイプだ。

「さっきの講義の中で、外からの視線で自分を見る、って言っていましたね。それをもっと詳しく知りたいんです。いままであまり聞いたことがなかったから」

「ああ、そのことか」

　それはストレッチの大切さを教える講義の中で、何気なく口にしたことだった。そこに反応する選手がいるとは思わなかった。

「どうして知りたいと思ったの？」

「フィギュアの場合、曲と一体になる、表現するものを考え、そこに没入するのが大事だと教わりました。人目を気にして、恥ずかしがってはいけない。表現するものが恋する少年なら、少年になりきって滑りなさいって。外からの視線というのは、それと矛盾するのではないでしょうか」

　あの時の光流はまだ十三歳。ずいぶんしっかり意見を言える子だ、と感心した。同時に、こういう子には、ちゃんと答えてやらないとダメだ、と思った。

「確かに、演技に没入して、音楽と一体になる、フィギュアスケートではそれはとても大事なことだ。一方で、そういう自分を客観視できる視点、ジャッジや観客から自分がどう見えているか、俯瞰《ふかん》してみる視点も大事なんだ」

「はい、それはわかります」

「できれば自分がベストな演技、観客から見てもっとも素晴らしいと思われる姿を強くイメージして、それに自分の身体《からだ》をトレースさせるつもりで演技するといい」

それを言うと、光流はちょっとびっくりした顔をした。

「そうなんですね。僕、たまに、そういうことができている気がします。ジャンプ跳ぶ時とか。だけど、それってほんとに一瞬で、ずっと続けることはできません。そういう力を持続させることとって、できるんですか？」

今度は前島の方が驚いた。かなり抽象的なことを言ってしまった、と思ったのに、光流がちゃんと理解したことと。そして、それを既にやっているということに。

「たとえば映像を繰り返し観《み》る、というのもひとつのやり方だね。自分の姿でも他人のでも、どうしたら美しく見えるか、音と身体動作がどう繋《つな》がっているか、それを意識しながら観るんだ。自分の姿が三百六十度どんなふうに観えているかをイメージする訓練にもなる」

「つまり、優れた演技をたくさん観るってことですね？」

なるほど、というように光流はうなずいた。

「いや、失敗した映像も観た方がいい。どうして失敗したのかを分析することができる。何が原因で失敗したのか。どうすればそれを防げたのか。美しく見えないのはなぜなのか。それを知るのはとても大事だ」

「だけど、自分が失敗した映像を観るのってつらいです。できれば観たくない」

光流は顔を歪めた。勝気な子にはありがちな、自分の失敗を認めたくないというタイプなのかもしれない。

「いいとか悪いとか、そういう感情と切り離して観るということが大切なんだ」

「それはどういうことですか？」

「失敗した、つらい、というのは主観だ。その主観にとらわれてはいけない。演技中そういう感情を抱いてしまったら、手足が緊張して縮こまってしまう。失敗したという主観が、次の失敗を生むんだ」

光流ははっとした顔をした。きっと思い当たることがあるのだろう。

「では、そういう主観にとらわれないためにはどうしたらいいんですか？」

「たとえば、失敗した映像を、失敗しなかった時の気持ちになって観るといい。失敗した時の主観を上書きするんだ。そうすると、自分の失敗を冷静に見られる。自分の理想とするイメージと実際との距離がわかる。それが外側からの視点で自分を見る訓練になる」

光流は前島の言葉を噛みしめるように、視線を落として口元でぶつぶつとつぶやいていたが、やがて顔を上げてまっすぐ前島を見た。

「わかりました。やってみます」

抽象的な話だったけど、どこまで理解できたのかな、と思いながら、前島は言葉を続ける。

「僕はフィギュアスケート以外のスポーツ選手も見てきたけど、優れた選手はみんな共通している。自分の理想とするパフォーマンスのイメージを強く持っているんだ。そして、いま現在の自分に何が足りないか、どうすればその理想に近づけるか、そのためにいま何をしたらいいかということを常に考えている。それを実行している。決して受け身ではない。コーチに言われたからやる、というのではないんだ。それができる選手がトップになれるんだよ」

光流はぱっと顔を輝かせた。

「トップになれるということは、オリンピックで金メダルが獲《と》れるってこと？」

「ああ、そうだね」

実際に前島が知っているのは、全日本のトップクラスというレベルだったが、オリンピックのトップ選手でも同じことだろう、と思ったので、そう返事をした。

「わかりました。僕、それ実行します。そしてオリンピックで金メダルを獲ります」

前島は笑みを浮かべた。子どもの頃はみんなオリンピックで金メダルを獲る、と言う。しかしジュニアにもなると、オリンピックで金メダルを獲ることの難しさがわかってきて、それを公言する選手は少なくなる。

自分の言ったことをすべて理解できていたとしたら、目の前の光流はとても賢い子だ。同時に単純といえば単純だし、子どもっぽい。その子どもっぽい思い込み、自分は成功できるという根拠のない自信は、何かを成し遂げるためにはとても大事だ。あれこれ考えすぎる選手はなかなか大成しない。

「そうだ、その意気だ。頑張れよ」

どこまで自分の言ったことを理解しているかな、と思いながら、前島は言った。

前島が日本スケート連盟の仕事をすることになったのは、野坂のおかげだった。共通の友人から紹介されて知り合い、まだ二十代前半だった前島を連盟に推薦してくれたのだ。彼は柔道整復師のコース、前島はトレーナーコースと専攻は違ったが、同じ専門学校出身ということで気に入られたらしい。当時野坂は連盟トレーナーのリーダー格で、前島が仕事になじめるように、いろいろと面倒をみてくれていた。それにはいまでも感謝している。

入ったばかりの前島は、ノービスやジュニアの選手をよくまかされていた。シニアのトップ選手は、キャリアのあるトレーナーが関《かか》わることが多かった。連盟公認のトレーナーというと、怪我《けが》した選手のリハビリや治療の専門家のように思われがちだが、トレーナーという言葉通り、トレーニングの指導をするのも大きな役目である。怪我をした選手の回復を手助けするリハビリの指導はもちろんだが、まだ身体《からだ》の出来上がっていないノービスやジュニアの選手に対しては、怪我をしないための身体作り、パフォーマンスを高める神経伝達運動や筋力作りを教えるのはとても大事だ。それを実行するかしないかで、選手のレベルや選手寿命まで変わってくる、と言っても過言ではないのだから。

もともと前島は予防医学を学び、成長に合った神経伝達運動についての勉強もしていたので、連盟の仕事は自分の得意分野を生かすことになった。まだ無邪気で、打算のない子どもたちの相手をするのも楽しかった。やりがいも感じていた。

初めて海外の試合の帯同をしたのは、メキシコで行われたジュニア・グランプリシリーズ。光流はそれに出場していた。その大会に出場するのは男子シングルが光流ひとり。ペアが一組。同行したのは連盟のスタッフがひとりとそれぞれのコーチ、光流の母親と自分の八人だ。空港で関係者全員が集合すると、長い旅を終わりまで一緒に過ごす。メキシコに着いたその晩、光流はひとりで前島の部屋に来た。長旅で腰がだるいので、EMSをあててほしい、などともっともらしい理由をつけていたが、退屈しのぎに遊びに来たのだろうと前島は察した。ペアのカップルは現実でもカップルなので、光流の存在は邪魔なようだった。だからといってコーチといつも一緒では息苦しいし、母親のところに行くのも嫌なのだ。

「ほんとは、親について来てほしくないんだよ。山口《やまぐち》みたいに喘息《ぜんそく》の持病があるなら別だけど、俺そうじゃないし、親なんかいなくてもちゃんとやれると思うのに」

まだ十四歳だった光流は不満そうに口を尖《とが》らせていた。山口というのは光流の同期の男子選手だ。喘息の息子を気遣って、遠征には常に母親が帯同していた。

ホテルの部屋はツインである。ケア用のベッドは前島自身が使うが、片方のベッドはケア専用に空けてある。片方のベッドに光流は横になった。

「じゃあ、そう言えばいいじゃないか。自分のことを自分でやろうと思うのは、決して悪いことじゃないよ」

前島はEMSに付いている粘着パッドを光流の身体にあてながら、適当に話を合わせる。EMSは低刺激の電流で筋肉を刺激し、血行やリンパの流れをよくするものだ。ポータブルの機械をわざわざ日本から持ってきていたので、出番があるのはありがたい。

トレーナーとして帯同する時は大荷物だ。キャリーバッグの中にテーピング用のさまざまなテープ、マッサージオイルやバンテージ・サポーター、保冷剤、ソーイングセット、ビニール袋、エッジのビスの替えや靴紐《くつひも》、ドライバーまで詰めている。そのほかに、ウォームアップエリアで使うためのヨガマットや自分で使い勝手のいい治療器なども持ち込む。初めての帯同だったので何が必要になるかわからなかった。迷ったら持っていこうと思ったので、その時は特に荷物が多かった。選手の食欲がない時のことを考え、レトルトのおかゆやカレー、それを温める電熱器まで持ち込んでいた。

「だけど、うちのおかん、聞く耳持たないんだ。メキシコなんて何があるかわからないし、心配でとてもひとりで行かせられないって。だけど、おかんがいたからって、何の役にも立たないのにさ」

その頃《ころ》の光流は、自分の母親のことを「おかん」と呼んでいた。ママやおかあさんと呼ぶのは気恥ずかしい年頃だったのだろう。

「それだけ光流のことが大事なんだよ。光流は一人っ子なんだろう？」

「うん。だけど、この遠征に百万掛かったって愚痴るんだ。だったら自分は来なきゃいいのに。柏木先生の分だけなら、半額で済むんだし」

前島は苦笑した。フィギュアスケートの選手はいまでもお金持ちの家の子が多いが、光流の家はふつうのサラリーマン家庭だ。遠征に百万円は親もつらいだろう。でも、それは本人には言わない方がいいと思うが。

「まあ、そんなこと言うなよ。息子のためにそれだけ投資してくれるのは立派じゃないか。感謝しろよ」

「まあね。おかんがパートで稼いでいるから、こうして遠征にも行かせてもらえるんだ。それはありがたいと思っているけど」

「けど？」

「あんまり俺のことばかりに夢中にならないでほしいんだ。おかんも、もっと自分で楽しみをみつけてくれればいいのに」

光流は年に似合わぬ深刻な顔をして、ふうっと大げさに溜息《ためいき》を吐《つ》いた。前島の顔に自然と笑みが浮かぶ。

「きっと楽しんでいるさ。光流について来るのだって、本音では旅行が楽しみなのかもしれないぞ。こんな機会がなければ、メキシコまで来ることはなかなかないだろうし」

「来る前にガイドブック買っていたから、そうかもしれないけど」

「大丈夫、いずれ子どもは旅立っていくんだ。あと数年のことだ。おかあさんだってそれがわかっているから、いまは子どもと一緒にいたいんだろう」

「だといいけど、うちはいつまで経《た》っても子離れしそうにないんで心配なんだ」

それを聞いて、前島は吹き出した。およそ中学生の言葉とは思えない。まるで父親のような口調だ。

「笑い事じゃないよ、俺、真剣に悩んでいるんだよ」

そう言って、また口を尖らせる。

「ごめん、ごめん。光流には大問題だな。でもまだそれは先のことだ。もし、二十歳過ぎてもそうだったら、俺に言えよ。相談に乗るよ」

「うん、その時はよろしく」

その気になれば敬語もちゃんと使える子だったが、その頃の光流はおとな相手にタメ口になることもしばしばあった。

そんな風に話した日があったことを、光流は覚えているだろうか。


それから二シーズン後、光流はシニアに上がり、拠点をアメリカに変えた。合宿に参加することはなくなったが、海外試合の帯同が重なって、シーズン中に何度か顔を合わせた。顔を合わせるたびに、光流はいろいろ質問をぶつけてきた。おもに身体のケアのことだった。

「アメリカにもトレーナーはいるんだけど、俺の語学力では細かいニュアンスを伝えるのは難しいし、やり方もいままでとは違うから、あまり自分の身体を触ってほしくないんだ」

光流は、怪我を予防するためのストレッチのやり方を聞いてきた。海外にいるからこそ、身体のケアは自分でちゃんとやらなければ、と思ったらしい。前島は、光流に合いそうなストレッチをいくつか教えてやった。それを参考にしながら、光流は自分でストレッチのメニューを組み立て、毎日欠かさず実行した。そうした努力が実を結び、光流は着々と実力をつけていった。

あれは光流がシニアに上がって三年目のことだった。世界選手権で二位になり、いよいよトップを窺《うかが》えるような位置に着けてきた頃だ。

「先生、ちょっといい？」

世界選手権のエキシビションが終わった後、光流がひょっこり前島の部屋に顔を出した。ほかに誰もいなかった。翌朝早い時間に帰国するので、荷物を詰めている最中だった。その後にはバンケット、つまり大会に出場した選手と関係者だけが参加できる打ち上げパーティに行くつもりだった。

「いいけど、今日は雑談はしないよ。バンケまで時間があまりないし、光流としゃべっていると長くなるから」

「真面目な相談」

光流は笑っていない。眉《まゆ》がきゅっと狭まって、思いつめたような顔つきだ。前島は作業をやめ、光流と向き合った。光流はしばらく黙って下を向いていたが、顔を上げると、はっきりした口調で言った。

「あの、先生、僕の専属トレーナーになってくれないかな」

思いがけぬ提案をされて、前島はぽかんと口を開けた。

「突然の話でごめんなさい。いま、僕に専属トレーナーをつけるって話があるんです。僕、怪我をしやすいタイプみたいだし、トップ選手ならパーソナルトレーナーがいるだろうって」

それは事実だ。トリノ五輪の頃までは、選手が自分で自分の身体をケアするのはあたりまえだった。スポンサーもつかなかったので、メダルを獲るようなフィギュア選手でも専属トレーナーを雇うことはできなかったのだ。いまでは専門のトレーナーに継続的に指導を受けた方が、パフォーマンスが向上する、というのは常識だ。特に怪我を抱えた選手は、継続的に支えてくれる人を必要とする。実際に個人で雇えるのは、ほんのひと握りのトップ選手だけなのだが。

「そうか、確かに光流もそろそろ必要かもしれないな」

近頃では光流もＣＭに出るようになった。スポンサーも何社もついているし、専属トレーナーのひとりくらい雇えるだろう。

「専属といっても、僕はアメリカにいるから、常時傍《そば》にいなくてもいいんです。僕が出る試合には全部一緒に来てもらうことになりますし、シーズンオフには長期で来てもらうこともあるかもしれませんが、それ以外は自分のお仕事をされてもかまいません。いまやっているような形で続けていただければ」

連盟のトレーナーといっても、それで生活費すべてを捻出《ねんしゅつ》しているわけではない。月給制ではなく働いた時間に応じて報酬が支払われるので、それだけでは生活費には足りない。だから、前島はフリーのトレーナーとして自分のスタジオを持ち、そこでも仕事をする。野坂のように、ほかの柔道整復師と共に整体院を運営しているようなケースもある。みんな掛け持ちで仕事をしているのだ。

「そう言ってもらえるのはありがたいけど……アメリカのトレーナーってわけにはいかないの？」

「アメリカのトレーナーにも優秀な人はいますけど、頼みたいと思うような人はいません。アメリカ人はもっとドライだし」

なるほど、おそらく光流は指導や治療という以外の、自分のこころを支えてくれるようなケアができる相手を求めているのだろう。

「あの、条件ならなるべく先生の希望に添うようにします。僕、先生に自分のパーソナルトレーナーになってほしいんです」

真剣な表情だし、声は切実だ。光流は本気で自分を雇いたいと思ってくれているのだろう。

確かに悪い話ではない。川瀬光流の専属トレーナーとなれば、業界でも名前が売れるし、評価も上がる。ファンも多いから、顧客が増えることは間違いない。上り調子の光流がこれから五輪でメダルを獲ったりすれば、そのトレーナーとして講演に呼ばれたり、本を出版することができるようになるかもしれない。

それはとても魅惑的だ。そうなったら、トレーナーとしての自分の未来も安泰だろう。

だけど、自分の中の何かがそれを止めた。

「申し出はありがたいけど、それはできないよ」

なぜ、と言うように光流の顔が歪《ゆが》む。

「まだ連盟との契約の途中だし、契約中は選手個人と仕事をすることはできないという決まりなんだ。それを打ち切ってきみのトレーナーになるとしたら、自分の仕事のために連盟をダシに使ったみたいじゃないか。そういうことは嫌なんだ」

連盟で働く人たちはみな真面目だ。ほとんどの人は無報酬で後進のために働いている。愛するフィギュアスケートをみんなに広めたいという一心なのだ。その誠意には頭が下がる。自分はフィギュアスケート経験がないのでそこまで思い入れはないし、プロのトレーナーとして報酬ももらっている。だからこそ、日本スケート連盟公認のトレーナーという立場を都合よく利用した、とは思われたくなかった。

「そうでしょうか？　たまたま知り合ったのが連盟の合宿だからといって、誰でもいいわけじゃない。前島先生だからお願いしたいんです」

「ありがとう。そう言ってくれてほんとに嬉《うれ》しいし、ありがたい。だけど、それをやってしまったら、僕は連盟の人たちと顔を合わせることができなくなる。こんなありがたい話を断るなんて自分でも馬鹿《ばか》だと思うけど、馬鹿でも人に信頼される人間でいたい。仁義は守りたいんだよ」

「仁義ですか」

　光流はふうっと溜息を吐いた。

「そう言われたら、僕は何にも言えない」

「専属トレーナーがついたとしても、試合では一緒になることもあるだろうし、その時はいつでも声を掛けてよ。お互い、日本スケート連盟に所属していることは変わらないいんだから」

「そうですね。もし、何かあれば、相談に乗ってくださいね。そういう人がいると思うだけでも、僕には救いになりますから」

「救いだなんて大げさな。いまの光流だったら、力になりたいなんていうやつは山ほどいるだろうに」

「そういう人は、僕に利用価値がなくなったら、すぐに去っていきますから」

その言葉に、前島は思わずたじろいだ。

いまの光流はライジングサンだ。いろんなおとなが欲得ずくで寄って来るのだろう。まだ高校生なのに、そういういやらしさをこの子は見てきたに違いない。自分に専属になってほしいというのも、そうではないと信じられる人間を傍に置いておきたいと思ったのかもしれない。

そういえば、いつの間にかこの子はちゃんと敬語を話している。気を許した相手でも、タメ口ではだめだ、と誰かに言われているのだろう。

「でもまあ、仕方ないです。オリンピックで金メダル獲ると決めたのだから、いろんな人の力を借りなきゃいけないし、相手にとってのメリットをこちらも提示しなきゃいけない。利害関係が生じる相手ともうまくつきあっていかなきゃいけないんです」

目の前の男の子は寝ぐせがあり、黒縁の眼鏡《めがね》にしゃれっ気のないダンガリーのシャツにデニムを着ている。どこにでもいるような、頭はいいけどちょっとダサい高校生のようだ。でも、しゃべっていることは、とても高校生とは思えなかった。

「俺とは利害はないからな。いまも、これからだって」

思わずそう口にした。周りにいるのは利害関係のあるおとなばかりだなんて、思ってほしくはない。

「はい、そう思います。先生にはとても感謝しています。先生が教えてくれたことは、僕にとってすごく大事なことでしたから。先生とはこれからも試合でお会いできるのを楽しみにしています。いつかオリンピックに僕が出ることがあったら、その時は会場にいてくださいね。それだけで僕は安心ですから」

光流の言葉を聞いて思わず涙ぐみそうになったのを、前島は危うく押しとどめた。仕事はできてあたりまえ。いい仕事をしてもそうでなくても、たいていは何も言われない。トレーナーは裏方だからそれが当然だと思っていても、つきあった選手当人に褒められるのはほんとうに嬉しい。世界の川瀬光流なら、なおいっそう。

「うん、俺もそれまでは連盟にいるから。五輪会場できっと会おう」

その言葉が現実になるかどうかは、前島にはわからなかった。五輪に帯同できる連盟トレーナーはひとり。そのひとりに自分が選ばれる可能性は低い。もっとベテランが優先されるだろう。たとえば、野坂のような。自分が帯同できるようになるのは、もっと先だろう。光流の現役中に間に合うかどうか。

しかし、思わぬ事態が起こった。その一週間後、野坂が連盟を辞め、川瀬光流のパーソナルトレーナーになることが表沙汰《おもてざた》になったのだ。

「あいつ、シーズンの途中なのに、仕事をほっぽり出しやがって。おまけに川瀬の専属だと？　連盟の仕事を利用して、おいしい仕事を取りやがって」

当時の強化部長だった間瀬《ませ》はかんかんに怒っていた。ほかの連盟の人たち、特にトレーナーたちは怒るというより困っていた。これまではいちばんベテランの野坂がみんなを仕切っていた。連盟のほかの部署との交渉なども、野坂にまかせておけば安心、と頼っていたのだ。

「野坂さん、うまくやりましたね。川瀬光流は上り調子だし、その専属トレーナーともなれば、野坂さんの名前も売れるでしょうし」

「ああ、俺も誰か有名選手の専属の声が掛からないかな」

「ほら、光流のバックについた幸田さん、あの人と野坂さんは仲がよかったから、あの人が野坂さんを引っ張ったんじゃないでしょうかねえ」

ほかのトレーナーたちの話を聞いて、そういうことだったのか、と前島は思う。考えてみれば、光流が直接自分に依頼してくるというのはおかしい。ビジネスの話だから、本来ならマネージャーか誰かが言ってくるはずだ。最初から野坂に話があって、それに納得できない光流が、俺に直接頼みに来たのだろう。だから、光流はあんなに切羽詰まった態度で俺に言ってきたのだ。

だったら、断っても断らなくても、同じことだったのだ。俺に出番はない。

そんな風に考えて、前島は自分を慰めた。光流の手前、ちょっといい格好しすぎた、と後から思ったのだ。連盟との契約期間が終了するのを待って、それから専属になってもいいんじゃないか、などと思いついて、悶々《もんもん》としていたのだ。

それにしても、野坂さんはひどい。契約を無視して、引継ぎもろくにやらずにさっさとアメリカに行ってしまった。「連盟のトレーナーであることを吹聴《ふいちょう》するな」と、自分に教えたのは、ほかならぬ野坂だったのに。

怒るというより、失望する気持ちの方が強かった。だが、そんな感情に振り回されてばかりもいられなかった。中心人物だった野坂が急にいなくなった負担はほかのスタッフに回ってきたし、連盟とは関係ない自分の仕事も忙しかった。

それに、前島はその頃、真剣に将来を考える相手と出会ったのである。交際は順調に進み、結婚ということが具体的になってくると、前島にも野坂の気持ちが少しわかるようになってきた。

連盟の仕事はやりがいはあるが、不安定だ。試合や合宿に合わせてスケジュールを調整しなければならないし、報酬も決して多くはない。連盟の仕事を持っていると顧客との継続的な関係を作るのが難しかったし、組織に入ることもできなかった。

野坂さんは家庭があるから、仕事で名前を売って稼ぎたかったんだろうな。

自分だって結婚して子どもでもできたら、もっと安定した仕事の仕方にシフトした方がいいかもしれない。しょっちゅう家を空けて、子育てを彼女にまかせっきりにはしたくない。お金だってあるに越したことはない。

唯一救いだったのは、彼女が体育大学を出てスポーツクラブのインストラクターをしていたので、前島の仕事に理解があることだった。

「連盟の仕事なんて、誰もがやれることじゃないよ。できるうちは続けたら」

そう言ってくれたのだ。それに、光流自身との約束もある。

「五輪会場できっと会おう」

たぶん本人は忘れているだろう。だけど約束は約束だ。光流がそれを実現させるなら、自分もそのための努力をしよう。もう少しここで頑張ろう、と前島は思った。


光流が最初に出た五輪には、前島の出番はなかった。前島よりもキャリアのあるトレーナーが選ばれたのである。光流との約束は果たせなかった。

そもそも野坂がトレーナーにつくようになった頃から、光流と話をする機会はほとんどなくなっていたのだ。光流だけアメリカから直接遠征先に向かうようになったし、現地でも野坂がつきっきりだ。

初めての五輪で銀メダルを獲ってからはさらにそれが加速した。光流の人気が異常なほど盛り上がり、遠征先のホテルや試合会場の周辺にもファンが現れるようになったのだ。光流はチーム川瀬と呼ばれるメンバーに、がっちりガードされるようになった。さらにその周りをマスコミが取り囲む。遠征も彼だけは別行動だし、連盟主催の合宿に参加することもなくなった。ゆっくり話ができるのは、関係者だけが参加できるバンケットの時くらい。この時ばかりはチーム川瀬も会場の外で待機していたし、光流もそこでは屈託のない笑顔を見せていた。

前島が連盟の仕事を継続することにしたのは、光流が覚えているかどうかもわからない約束を守るためではない。五輪が終わった後、連盟のベテラントレーナーが病で倒れてしまい、退職したからだ。そして前島がいちばんのベテランになった。フィギュアスケートの担当は、当時は三人しかいなかったし、前島が辞めたら戦力は大幅にダウンする。ここで自分が抜けるのは無責任だ、と思ったのだ。

彼女と結婚を決めたのもその頃だ。結婚にあたって彼女の出した条件は、実家の傍に住むことだった。

「結婚しても仕事は続けるつもりだし、何かの時には親に頼れるから」

それに反対する理由はなかった。自分が留守をしがちなので、妻の実家に近い方が安心だし、前島自身の出身は岡山で遠かったので、自分の親からの反対もなかった。そうしてプライベートの状況が落ち着いたので、前島は腰を据えて連盟の仕事に掛かることになったのだ。

その次のオリンピックの帯同は前島に決まった。前島がトレーナーでいちばんのベテランになっていたから、当然のことだと周りも受け止めていた。そして、五輪に帯同したことは、前島のトレーナー人生に豊かな彩りをもたらした。

五輪の期間中は忙しかったし、胃がきりきり痛くなるほど緊張したが、いろいろな関係者やスポーツ選手と話をしたり、ほかのトレーナーのやり方を間近に見ることは、とてもよい刺激になった。何より日本代表の川瀬光流が金メダルを獲る瞬間を目の前で見ることができたことは、何物にも代えがたい貴重な経験となった。

金メダルが決まった瞬間、会場中がどよめいた。光流は立ち上がり、喜びを嚙みしめるような穏やかな表情で、会場の観客の歓声に両手を振って応えた。チーム川瀬のメンバーが「やった！」と、歓声を上げた。その中に野坂はいて、誰よりも大きく腕を振り上げ「やったぞ！」と、声を上げていた。その目には光るものがあった。前島はそれを見て、それまでなんとなくこだわっていた野坂への想《おも》いが溶けていくのを感じていた。

この四年、光流の歩みは決して平坦《へいたん》ではなかった。怪我もあったし、勝ってあたりまえだと思われている選手だからこそ、専属トレーナーにとってはつらいことも多かっただろう。この四年で野坂は痩《や》せて、めっきり白髪も増えた。近くにいれば光流の焦りや不満をぶつけられることもあっただろう。光流ほど大きな存在になると、気を遣うことも多いはずだ。それは同じトレーナーとして想像に難くない。自分は距離があるから、逆に光流とも気軽につきあうことができる。

だから、野坂には喜びを爆発させる権利がある。今日、光流がこれだけの演技をした陰には、野坂の必死の努力があったに違いないから。周りにいた人たちはチーム川瀬に祝福の拍手を送った。前島も懸命に拍手をして、彼らの勝利を称《たた》えた。

そして迎えた表彰式。試合会場から少し離れた場所で開催されたその式に、前島や日本スケート連盟のスタッフたちも参加した。

名前を呼ばれ、光流が嬉しそうに台乗りした瞬間、前島の胸にぐっとこみ上げるものがあった。

「オリンピックで金メダルを獲る」と言っていた十三歳の少年が、ついにここまで来た。

その時は泣かずに踏みとどまったが、国旗掲揚の時にはもうダメだった。「君が代」の曲をバックにしずしずと国旗が揚がるのを見ているうちに、いろんなことが思い出された。夏合宿のこと。帯同していた旅先であったこと。バンケットのこと。光流がトップスケーターになる前の、まだ小生意気な少年だった頃から、連盟のみんなで見守ってきた。彼をいろんな面でサポートし、アドバイスを与えてきた。

それを生かせたのは彼のたゆまぬ努力と持って生まれた才能のおかげだ。だけど、確かに自分たちも光流が揚げる国旗に力を添えたのだ。

この瞬間、それが報われた。光流の勝利はチーム川瀬の勝利であり、日本スケート連盟の勝利なのだ。

前島の目から涙がぽろぽろこぼれ落ちた。ほかの連盟のスタッフも涙を浮かべていた。あの強面《こわもて》の間瀬でさえ。

表彰式が終わった後、光流は連盟の関係者のところに来て「ありがとうございました」と、頭を下げた。祝福のシャワーを浴びながら、光流はひとりひとりと握手したり、写真を撮ったりした。そして、前島の前に来ると「先生ありがとう」と言って、抱きついてきた。ほかのスタッフに対するよりも親密なその態度に、前島は驚きながらも嬉しかった。「おめでとう」と、半分泣き顔で光流を抱き返した。

光流も、自分のことを忘れていない。それが嬉しかった。

その後、光流の人気はますます盛り上がり、ロック・スターに匹敵するほどになっていった。会える機会はほんとうに減った。ホテルの自分の部屋からバンケット会場の大広間に移動するわずかな時間さえ、ひとりきりで行動するのは難しかった。話し掛けられるとしたら、バンケットと、海外試合の時のウォーミングアップ・エリアくらいだった。だが、バンケットでは常に仲間のスケーターの中心にいたし、ウォーミングアップ・エリアでは野坂がつきっきりだ。自分から寄っていくこともない、と前島は思っていた。

だけど、光流は自分のことを覚えている。教えたことを受け取り、感謝してくれている。それを知っているだけで、前島は満足していた。

前島が最後に光流とふたりだけで会話したのは、昨年のグランプリシリーズのフランス大会の開期中のことだった。

試合に帯同し、光流以外の、専属トレーナーがついていない選手たちを前島はサポートしていた。男子のグループの中に、今年初参加する高校生のスケーターが交じっていた。彼の参加する第一グループの練習が終わり、光流たち第二グループの選手が氷の上に乗った。公式練習でも、光流を取り巻く人は多い。観客はシャットアウトされていたが、日本からマスコミが何社も追っかけてきたし、この試合に関わっている人たち、選手やコーチやフランスの連盟の関係者も、なんとなく光流の姿を追いかけていた。前島もリンクサイドから光流をみつめていた。そこであの事件は起こった。

四回転《クワド》ループを跳ぼうとした光流の軸がずれ、氷の上にふわっと落下して尻もちをついたのだ。

その瞬間、これはまずい、と前島は思った。

落下の衝撃はそれほどではなかったが、変な形に足が歪んだように見えた。なまじ光流は身体が柔らかいだけに、足がひどく捻《ね》じれ、足首に負荷が掛かったようだ。

光流は座ったまま動かない。ほかのスケーターたちも異変を察して動きを止めた。みんなの視線が光流に注がれている。リンクサイドには連盟のトレーナーしか入れないので、野坂はそこにいない。前島は慌てて氷の上に乗り、光流を助け起こした。光流の右腕を自分の肩に載せ、支えながらリンクサイドに向かって歩く。

「大丈夫か？」

前島の問いかけに、光流は力なくうなずいた。その背中に写真を撮るバシャバシャという音が効果音のようにかぶさった。

リンクサイドにいたジャクソンが前島の反対側から光流を支え、奥の通路に入っていく。そこには野坂が待ち構えていた。

「すまん」

ひと言前島に声を掛けると、野坂は前島の代わりに光流の右腕を肩に載せ、ジャクソンと共に医務室へと連れて行く。光流のことは気になるが、それ以上前島にできることはない。そのままリンクサイドに戻っても仕方ないので、前島はウォーミングアップ・エリアに行き、自分がサポートする選手の様子をチェックしていた。

しばらくすると連盟の強化部長が通りかかった。慌てた様子で小走りになっている。

「光流、どうしたんですか？」

前島が呼び掛けると、強化部長は一瞬立ち止まり、前島にだけ聞こえるように小声でささやいた。

「捻挫《ねんざ》だ。このまま欠場することになるらしい」

やはり、と前島は思った。あの転び方では無事では済むまい、と思っていたのだ。かつての光流であれば、捻挫くらいなら、と出場を決めたかもしれない。少なくとも、ぎりぎりまで怪我の様子を見ただろう。それをせずに欠場を決めたというのは、よほど悪いのだろう。

「ほんと、今回は大丈夫だと思ったんだがなあ」

そう言いながら、強化部長はばたばたと走り去っていった。

その日の夜、前島はホテルでばったり光流と会った。連盟のスタッフと打ち合わせをして、自分の部屋まで戻る途中のことだ。時間は夜中の一時過ぎ。廊下の明かりは薄暗く、ホテル全部が眠りに落ちたようにひっそりしていた。

そんな中、前島は光流を見たのだ。両脇《わき》に松葉杖《まつばづえ》を投げ出し、放心したような顔でエレベーター前のソファにひとり座っていた。

その日の午後、正式に欠場を発表した光流は、ひとりで記者会見を行っていた。

「ここまで練習を重ねてきて、いい調子だったので、ほんとうに残念です。何より楽しみにしてくださっていたファンのみなさんに申し訳ない。全日本までには治して、よいパフォーマンスをお届けするよう努力します」

気丈に欠場についての想いを述べた光流と、いまひとりでぼんやりしている光流は、まるで別人のようだった。弱々しく、疲れた表情を隠さなかった。

その時、前島は唐突に悟った。

ああ、そうか。光流は川瀬光流という役割を演じているんだな。

常に強く、自信にあふれる絶対王者。自分を律し、常に周りの人たちへの配慮を欠かさないこころ正しき人。公私共に立派な、みんなの憧《あこが》れの川瀬光流。

氷上の四分間だけじゃない、マスコミでもファンでもそこに自分を見る観客がいる限り、光流は川瀬光流を演じているのだ。

だが、その役割を降りた時には、ただの二十六歳の若者。いまはその瞬間だ。見てはいけないものを見てしまった気がして、前島は部屋に戻ろうとしたが、光流の方が先に気がついた。視線が合うと、かすかに笑みを浮かべた。仕方なく、前島は光流の傍に寄って行った。光流はどうぞと言うように、自分の右側のソファの座面を軽く掌《てのひら》で叩《たた》いた。前島はそこに座った。

「大丈夫か？」

月並みだが、そんな言葉しか浮かんでこない。

「はい。ちょっとメンタルやられていますが」

「そりゃまあ、そうだろうね」

光流の次の予定は二週間後のNHK杯。それには間に合わないだろう。その後予定されていたグランプリ・ファイナル、つまりグランプリシリーズの上位六名だけが参加できる大会への出場も、これでなくなった。シーズン前半を棒に振ったのだ。

「足の具合はどうなの？　全治三週間くらい？」

光流はジャージを着ており、その右足首には痛々しく包帯が巻かれている。

「いや、どうだか。最近は捻挫の治りが遅いんですよ。昔だったら、この程度の怪我なら無理して試合に出たりしたんですけど」

「仕方ないよ。フィギュアスケートほど右足を酷使するスポーツはない。長く続ければそれだけ右足にダメージが蓄積される」

フィギュアスケートのジャンプは六種類あり、踏み切り方はさまざまだが、すべて着氷は右足だ。着氷の瞬間、自分の体重の何倍もの力が足に掛かるのだ。だから、選手がいちばん傷めやすいのも右足だった。

「僕の右足、酷使しすぎて、どの靭帯《じんたい》も悪いんです。今回捻挫したのもどの靭帯なのか、わからないくらいぼろぼろだって」

「それは……凄《すさま》じい話だね」

四回転時代になって選手の故障が多くなった。程度も重い。引退後も後遺症が残る選手もいる。光流のように長く第一線を続ければ続けるだけ、リスクは高くなる。

「時々、なんのためにここまで自分を追い込んでいるんだ、と思う時があります。金メダルも手にしたんだし、さっさと引退して、楽になっちゃえって」

記者会見では絶対に言えない台詞《せりふ》だ。冗談でもそんなことを言えば、大騒ぎになるだろう。だが、光流は愚痴をこぼしたいのだ。決して漏らしたりしないとわかっている相手に甘えたいのだ。

「そうだろうね。光流は……勝って当然、と思われているからキツイよな。周りは無責任だよな。傍《はた》で見ていて、俺、光流じゃなくてこころからよかった、と思うよ。俺だったら、とっくに逃げ出している」

冗談めかして言うと、光流はかすかに声を立てて笑った。

「正直、怪我をしてほっとしたところもあるんです。ここのところずっと身体が重くて、自分の思うようなパフォーマンスができない気がしていたから」

常に自分を励ましてくれる親やコーチには言えないこともある。それを受け止めるのも自分の役目だ、と前島は思う。

「そういう時もあるさ。光流はずっと戦ってきたし、前のオリンピックから休みがなかったから、自分が思っている以上に疲れているのかもしれない。怪我は『休め』という天からのメッセージなんだよ」

怪我というのはしばしば選手が無意識に引き寄せるものだ、ということを、前島は経験的に知っていた。それも、本人の調子が悪い時とは限らない。むしろ傍から見て調子がよい時、大きな目標を達成した後にしばしば起こりやすい。周りはさらに上を、と期待しても本人のテンションが上がらず、無理して練習を続けている時が特に危険だった。

「そうですね。そう思えばいいのかな」

「そうだよ。光流は十分みんなの期待に応えた。だから、休みたかったら休めばいいし、やめたくなったら、それでもいい。俺は、光流がいちばん幸せになれると思う道を進んでくれればそれでいいと思うんだ」

「僕の幸せ？」

光流は不思議そうな顔をした。

「そう、選手を引退しても人生は続く。どうしたら自分が楽しく生きられるか、幸せと感じられるか。それって大事だろう？」

「引退した後の幸せ、ですか。考えたこともなかったな。いい演技をしてみんなの喝采《かっさい》を浴びる、それ以上の幸せってあるんでしょうか？」

前島は絶句した。この子はそのためだけに、あらゆるものを犠牲にしているのだ。飲みに行くこともなく、友だちづきあいもほとんどしない。映画や演劇を観ることもないという噂《うわさ》だ。試合の移動以外は旅行も観光もしない。彼女もいないらしい。息抜きはゲームだけ。あとはすべてをスケートに捧《ささ》げているという。

「もちろんあるさ。そうじゃなかったら、金メダルを獲れない俺みたいな人間は、幸せを知らないいってことになる」

「先生は幸せ？」

「うん、幸せだよ。やりがいのある仕事をして、好きな女性と結婚して、娘が生まれて。いまの光流はスケートのことで頭がいっぱいだから、ほかの楽しみに気づかないいんだろうけど、その時が来ればきっとわかるよ。なんということのない毎日の中にも、楽しいと思うことはたくさんあるって」

それを聞いた光流は、なんとも言えない顔をした。そんなことは自分に訪れないとあきらめているような、だけど、こころの底からそれを求めているような、そんな複雑な表情だった。

「先生、僕は」

そう言い掛けた時、「光流？　そこにいるの？」と、声がした。光流の母親が廊下の向こうからこちらを見ていた。心配そうな顔だ。

「うん、前島先生と会って話していた。いま、戻るよ」

光流は松葉杖を頼りに、ゆっくり立ち上がった。

「先生、ありがとうございました。また、そのうち話を聞いてください」

こちらを向いた光流は、みんなの知っている川瀬光流だった。きりっとした顔つきで、口元には笑みを浮かべている。瞬時に光流は自分の中のスイッチを切り替えたのだ。

「ああ、いつでも来いよ」

そう言ったものの、そんな日は来ないだろう、という予感がしていた。常に人に取り囲まれている光流とこういう時間が持てるのは、ほんとに奇跡のようなものだった。

あれから一年と少し。

光流はどこにいるのだろう。いま何を考えているだろう。

光流の怪我は完治しない。よくなったように見えても、何かの拍子にすぐに悪くなる。酷使された靱帯は弱り、かつてのような十分な練習はできない。四回転《クワド》の種類やコンビネーションを競うには、既に光流の脚では難しい状態になっている。ジャンプの技術では、若い世代に敵《かな》わなくなり始めている。

それは誰より光流自身が知っている。勝ちにこだわる光流からしたら、それはとてもつらいことだろう。それで逃げ出したのだろうか。

川瀬光流に変わるスイッチが、切り替わらなくなってしまったのだろうか。

「パパー、スケートはじまるよー」

娘の声がした。全日本選手権の女子ショートのテレビ中継が始まる時間だった。

「いま行くよ」

前島は返事をした。部屋に入ると、テレビが女子選手たちを映している。合宿で会ったことのある選手も何人もいたが、みな緊張して身体に力が入っている。

『頑張れ、みんな』と、前島はこころの中でつぶやく。

誰かがジャンプを決めた。客席から拍手が起こる。観客はどんな一瞬も見逃したりしない。ああ、全日本選手権だ、と前島は思う。この息詰まる緊迫感。固唾《かたず》を呑《の》んで見守る観客たち。どんな国際試合よりも観客は多く、盛り上がる。成功しても失敗しても、常に選手を励ます温かい拍手が起こる。

大丈夫だ、光流は逃げたりしない。

この場所はいつだってフィギュアスケート選手の憧れの舞台だ。五輪チャンピオンであろうと、ここに立ちたくないはずがない。

彼はスイッチを切り替え、きっと帰って来る。ここここそ、彼のホームだから。

画面の中では、六分間練習が終わり、最初の選手がリンクの中央に向かっている。たったひとり、戦場に向かう孤独な戦士のように。

その背中には、よき戦いであれ、と祈るような拍手が重なっている。

テレビを観ている前島の幼い娘も「がんばれー」と、見ず知らずの選手に声援を送る。わずか二分四十秒で、自らの努力と才能を人々に判定される孤独な戦士のために。

だから、俺はいつだって待っている。

光流が、ほかの選手たちが、俺の力を必要とする時のために。

戦場に向かう戦士たちに、ひとときの安らぎを与えるために。

なぜなら、光流がみんなの喝采を浴びることが何よりの幸せであるように、選手たちの力になることが、俺にとっての幸せなのだから。

音楽が流れる。テレビの中の選手は緊張した面持ちで氷を蹴った。

第四章　母親

その朝、私はいつものように光流《ひかる》の部屋に電話した。遠征の時はいつも光流の隣の部屋を取ってもらっている。そして、毎朝光流にモーニング・コールをするのは私の役割だった。遠征では朝も不規則で、公式練習が早朝に行われることもある。予定の二時間前には光流を起こす。光流は目覚めるとシャワーを浴びてストレッチをする。その間に私はルームサービスを頼み、私の部屋に二人分、持ってきてもらう。今日の朝食は何にしよう。光流は練習前に身体《からだ》が重くなるのを嫌い、朝はあまり食べない。フルーツと少しのシリアルと牛乳だけだ。私はそれにベーコンエッグとサラダを加えようと思う。

以前、光流の部屋にルームサービスを持ってきてもらったら、客室係の女性に「ファンです」と言われて、握手を求められた。後からホテルの責任者が来て謝ってくれたが、以来警戒して、光流の部屋には客室係が出入りしないように気をつけている。何かをフロントに頼む時も私の方から連絡したし、部屋の清掃も客室係を入れないようにした。シーツやタオルの替えだけ受け取って、掃除は私がやっている。自分自身の部屋はホテルにまかせているのだが。

朝食は、よほどのことがなければ私の部屋で、ふたりだけで摂《と》ることにしている。ファンにみつかると面倒なのでレストランには行けないし、ランチや夕食は光流の所属する個人事務所の代表である幸田妙子《こうだたえこ》やマネージャーの後関和重《ごせきかずしげ》が同席することが多い。だが、朝だけは母と息子の時間だ。この時間ばかりは、世界一のスケーター川瀬《かわせ》光流という鎧《よろい》を脱ぎ捨て、他愛《たわい》ない世間話や光流の好きなゲームの話をする。朝の光流はどんな写真集にも載っていない穏やかな、優しい表情をしている。まだ眠くてまぶたが半分開いてなかったり、他愛ない話に笑い皺《じわ》をいっぱい浮かべ、声を立てて笑い転げる。そんな無邪気な光流を、どれほどのファンが『ひと目でいいから見たい』と望んでいるだろうか。

それが私の息子なのだ。この時間だけは息子の意識も私だけに向けられる。この笑顔も声も私だけのものだ。向き合って食事を摂りながら、私の胸は誇らしい気持ちでいっぱいになる。

この日も、そんな朝を迎えるはずだった。しかし、いくら電話しても出ない。もしかしたら早く起きてシャワーでも浴びているのかな、と思ったので、十分ほど待った。再び電話したが誰《だれ》も出ない。心配になって廊下に出て、隣の部屋をノックしてみた。反応はない。ドアに耳をあてたが、中から物音は聞こえない。

これは何かあったのかもしれない。

不安になった私は、隣の幸田妙子の部屋をノックした。「はい」と返事があって、すぐに幸田が顔を出した。幸田はこんな早朝でもきちんとフルメイクをして、服装にも乱れはなかった。一階のレストランに行くつもりだったのだろう。

「どうしたんですか？　こんなに早く」

「あの、光流に電話したんですが、出ないんです」

「電話？」

「いつものモーニング・コールです。光流を起こそうとしたんですが、全然出てくれなくて」

それを聞いた幸田の表情がみるみる強張《こわば》った。

「トイレとかシャワーじゃないんですか？」

「私もそう思って、十分くらい間を置いてまた連絡したんですが、やっぱり出なくて」

「それはおかしいですね」

それからの幸田の動きは迅速だった。マネージャーの後関を呼び、フロントに連絡して、カードキーを持ってきてもらった。三人で光流の部屋に足を踏み入れた。

部屋はしんとしていた。誰の気配もしなかった。ベッドにも休んだ形跡はない。

「光流、いるの？」

幸田と後関が浴室をのぞいている時に、私はベッドのサイドテーブルを見た。文庫本を重石《おもし》にして、その下に封筒がふたつ置かれている。ひとつは『関係者のみなさんへ』と表書きされており、もうひとつは『おかあさんへ』と書かれていた。光流の文字だ。なぜだかわからないが、とっさに私は自分宛《あ》ての手紙をポケットに隠した。なんとなく、これはほかの人に見せてはいけないものだ、という気がしたのだ。それから「幸田さん、ちょっと見て」と、声を掛けた。声は震えていた。

幸田は傍《そば》に来ると、私が差し出した封筒を無言で受け取り、上の方を破って手紙を取り出した。そして、「バカな」と、つぶやくように言う。そして、それを私に差し出した。手紙には次のように書かれていた。

ちょっと外出します。

ショートの試合の前には必ず戻りますから、探さないでください。

光流が失踪《しっそう》した。

それを知って、頭がぼーっとなり、へなへなと座り込みそうになった。隣にいた後関が慌てて私の二の腕を取り、倒れ込まないように抱きかかえた。そして、そっと主《あるじ》のいないベッドの上に私を寝かせた。

「大丈夫ですか？」

心配そうに後関は私の顔をのぞき込む。元アイスホッケーの選手で、いかつい顔つきをしているが、心優しい青年だ。

「私のことより、光流が……光流がなぜ」

光流がいなくなった。

光流が私に黙って姿を消した。

いままで、ずっと一緒だったのに。スケートのことなら、どんなことでも相談し合ってきたはずなのに。

なぜ、なぜ私にまで内緒で。

「いったい、どういうことなのよ。全日本の前にいなくなるなんて。ショートまでに戻るって、公式練習はどうするつもりなの。まさかぶっつけ本番じゃないでしょうね。全日本は、それで通用するほど甘くはないというのに」

幸田はいままで見たことがないほど怒っている。

「まさか試合をすっぽかすつもりじゃないでしょうね。あ、もしかしたらＪＪは知っているのかしら」

幸田はライティングデスクの上にある電話を使って、光流のコーチに電話をした。

十回近くコールしてやっと電話に出たジャクソンコーチは、何か幸田に言い訳をしているようだった。それを無視して早口で幸田は何か言った。英語だが、あまりに早口でしゃべるので、私にはなんて言っているかほとんどわからなかった。

「ＪＪも知らないみたいね。困ったわ。文恵《ふみえ》さんもご存じなかったんですね」

幸田の口調には非難が交じっている。それは失踪した光流に向けられているのだろうか。それとも、それを知らなかった私に向いているのだろうか。

私の涙を見ても、幸田は同情するそぶりもない。

その事実に、私は自分宛ての光流の手紙のことを告げる気持ちを失った。

「いえ、何も。昨日の夜も、様子は変わらなかったのですが」

いつものように部屋の前で「おやすみなさい」と言って別れたのだ。その時の光流は元気だったし、何かに思い悩んでいる様子もなかった。

「何時頃《ごろ》出たとか、どこに行ったとか、見当もつかないんですか？」

「ええ、まったく」

「何か悩んでいるとか、そういうことは？」

「いえ、ないと思います」

声がだんだん小さくなる。息子の傍にずっといるのに、いなくなる理由がまったくわからない。この女はまるで役に立たない。有能な幸田は私のことをきっとそう思っただろう。

ほんとうに私は何も知らない。

光流のことならなんでもわかっているつもりだったのに、そうじゃなかったんだ。

言葉の代わりに涙がぽろぽろこぼれた。そんな私を見て、幸田は小さく溜息《ためいき》を吐《つ》いた。

「ともあれ、電話を掛けてみるわ。出ないかもしれないけど」

幸田が自分のスマホを取り出し、電話を掛ける。とたんに部屋の隅から呼び出し音が鳴った。クローゼットの中だ。そこを開けると、光流のスマホが置きっぱなしになっていた。

「スマホも持たないってどういうつもりだろう。一切私たちと連絡取らないってこと？」

幸田はイライラした声を出している。

「文恵さん、ほんとに何もご存じないんですか？　スマホまで置いて出るなんて、ただ事じゃないですよ」

幸田の責めるような口調がつらかった。その声が頭にずきずきと響く。それに胸が苦しい。苦しくて、息をするのもやっとだ。

「私はほんとに知らないんです」

あまりに小さな声だったので、幸田に聞こえたかどうか、わからない。

「顔色、真っ青ですよ。大丈夫ですか？」

私を気遣う後関の声は優しかった。それで少しほっとした。

「ええ、胸が苦しいし、頭も痛くなって」

「それはおつらいですね。文恵さんは何もご存じないようですし、ご自分の部屋で休んでいただいたらどうでしょう」

後関が幸田におうかがいを立てる。後関は光流の個人事務所に所属しており、幸田はその代表だから、上下関係がはっきりしている。光流の母親である私よりも、幸田の意見の方が、力があるのだ。

「それはそうね。どっちにしても、文恵さんにできることは何もないし。私の方は、この件が表沙汰《おもてざた》にならないようにすぐに動きます」

それだけ言うと、幸田は小走りで部屋を出て行った。残された私と後関は、光流の部屋を出ることにした。ドアを開けた途端、ジャクソンコーチと鉢合わせした。

「光流がいなくなったって、ほんとうですか？」

いつもはどんな時でも上等な背広にネクタイを身に着け、英語の苦手な私にもわかるように一語一語ゆっくり発音してくれるジャクソンコーチが、ノーネクタイで、起き抜けに慌てて駆けつけたというような乱れた髪型で、早口で質問をしてくる。

「はい、いまみんなで探しています」

後関がそう返事すると、さらに早口の英語で何かまくし立てている。しゃべっていることとの半分もわからないし、何を聞かれても、私には何も答えられない。ジャクソンの言葉を聞いているうちに、ますます胸が苦しくなってきた。

「あの、具合が悪いの。部屋で休みたい」

私が後関に頼むと、後関はジャクソンに何事か説明していた。私は一刻も早く部屋に戻りたかった。後関の説明をジャクソンは不満げに聞いていたが、肩を竦《すく》めると、そのまま向こうの方に行ってしまった。

後関とは部屋の前で別れた。

「光流くんが戻ると言ったら、必ず戻ります。彼はそういう人ですから。あと二日、私たちはそれを信じて待ちましょう」

「ええ、でも、これが騒ぎになったら光流は」

光流が失踪した。マスコミが嗅《か》ぎつけたら大騒ぎになるだろう。ホテルの周りにもべったり記者が張りつくに違いない。そうなったら、戻るに戻れなくなるのではないだろうか。

「大丈夫です。幸田さんがうまく取り計らってくれますよ。そういうところ、彼女はやり手ですから」

「それは、確かにそうね」

そう、あの女《ひと》は実行力があるし、周りを動かすのも造作ない。必要とあれば、情報統制を敷くくらい簡単にやってのける。

「それより、医者でも呼びましょうか？　お身体大丈夫ですか？」

「いえ、そこまでしなくてもいいけど、こうして立っているのはつらい。しばらくベッドで休むわ」

「痛み止めか何か、お持ちしましょうか？」

「大丈夫、持ち歩いているから」

私は光流のために常備薬を持ち歩いていた。ドーピングに引っかからないようにするためには、薬も選ばなければならないのだ。禁止薬物をうっかり飲んで、出場停止になったら大変だ。私はドーピングについて勉強し、いつ光流の具合が悪くなっても安心して与えられる薬を揃《そろ》えていた。

「そうでしたね。じゃあ、私の方でも光流くんのことを探してみます。何か情報が入りましたら、すぐに連絡差し上げますね。文恵さんの方でも、もし何かわかったら、すぐに私の方に電話してください」

「ええ、わかりました」

後関が去ると、私は部屋に入って、すぐにポケットに隠していた手紙を取り出した。封筒を開くと、癖のある光流の手書きの文字が目に飛び込んでくる。

おかあさん
これを読む頃は、僕の失踪に気づいて大騒ぎになっているでしょう。

ほんとはおかあさんだけには話して行こうかと思ったけど、反対されると僕は行動できなくなる。だから、内緒で行くことにしました。

二日だけ、僕に時間をください。

必ず戻るので、心配しないで。

光流

また、涙がぼろぼろこぼれた。

私に反対されると行動できなくなる。光流はそんな風に思っていたのか。

そんなに私の存在が重荷だったのか。

私はずっと光流のためだけを思って生きてきたのに。

光流は生まれた時から臆病《おくびょう》だった。生まれた時、産湯に浸かるのを怖がったくらいだ。

「産湯を嫌がる赤ちゃんは初めて」

助産師さんにはそう言って驚かれた。

光流は小さい指で必死に私の袖《そで》を摑《つか》み、その身体から発せられたとは思えないほどの大きな声で泣く。顔を真っ赤にさせて身体を海老《えび》ぞりにし、全身で悲しみを表現する。まるでこの世に生まれ落ちたことが苦痛であるかのように。

「よしよし」

胸の中の小さな温かい生き物をそっと抱きしめながら、私は幸福な気持ちに包まれていた。望んでもなかなか得られず、長い不妊治療の末にやっと授かった子どもだった。

私はこの子が一人前に育つまで、できるだけのことをしよう。

この世には楽しいことや幸せなことがいっぱいある、と教えよう。

すべての母親が願うように、私も自分の子どもの健やかな成長だけを願っていた。

光流は手の掛かる赤ん坊だった。泣き虫で神経質で、私以外のひとにはなかなかなつかなかった。さすがに夫のことは好きだったが、それでも私に対する愛情とは比べ物にならなかった。ほかの人に抱かれるのを嫌がり、私の姿が見えなくなるだけで大泣きした。

「この子は手の掛かる子だね」

たまに遊びに来る姉に言われたが、私は内心嬉《うれ》しかったのだ。この子は世界中の誰より私が好きなのだ。ちょっとの間でも私と離れるのが嫌なのだ。そんな風に無条件に私のことを思ってくれたひとは、ほかにいただろうか？人見知りで、友だちもそれほど多くはなかった自分には、誰かに全身全霊で愛され、頼られた経験はなかった。光流が泣けば泣くほど、自分は必要とされている、と感じられた。

この子がいる限り、私は孤独になることはないんだわ。

そう思いながら、泣きじゃくる光流を私はぎゅっと抱きしめた。

五歳の誕生日を迎える頃、この子に何かスポーツをやらせよう、と夫が言い出した。運動をすれば身体も鍛えられ、こころも強くなるだろう。そこで友だちができれば、なおさらいい、と言うのだ。

それまで光流は何かというと熱を出したり、おなかを壊したりしていた。丈夫な質《たち》ではなかった。それに、引っ込み思案の光流には、なかなか親しいお友だちができなかった。比較的仲のいいのは女の子ばかり。好きなのはおままごとと歌に合わせて踊ること。

「光流くんは優しいから、一緒に遊んでいても安心ね」

女の子の母親たちには褒められたが、内心複雑だった。男の子なら多少乱暴なくらいの方が、親としては安心できる。男の子社会の中でも、きっとうまく立ち回れる。優しくて気の弱い男の子は馬鹿《ばか》にされ、弱い立場に置かれがちだ。だから、私も夫の意見に賛成した。

しかし、光流は野球にもサッカーにも興味を示さなかった。夫の趣味につきあって野球を観《み》るのは好んだが、自分でやるのは嫌だ、と言った。

「服が汚れる」

そう言い張った。服なんて汚れてもいいし、自分でやるのは観るより楽しいよ、と言い聞かせたが、頑として首を縦に振らなかった。おだてたり物で釣ろうとしてもダメだった。

気が弱いくせに、その当時から自分の好みははっきりしていた。一度嫌と決めたら、絶対に曲げない頑固さもあった。

「スケートリンクに連れて行ってみようか?」

私が提案した時、夫は躊躇《ちゅうちょ》した。

「男なのにフィギュアスケートって、あんまり感心しないな。それにフィギュアはお金が掛かるんだろう?」

「フィギュアじゃなくてアイスホッケーのチームがあるのよ。四階の上田《うえだ》さんのとこの祐樹《ゆうき》くんが入ってるの。チームみんな仲がよくて、先輩も優しいそうよ。リンクはうちから近いし、体験会もあるから、一度連れて行ったらどうかな」

そうは言ったものの、内心私はフィギュアでもいい、と思っていた。何にもやらないよりは、身体を動かす方がいいに決まっている。それにアイスホッケーのような肉弾戦では、体の大きな子の方が有利だ。小柄で痩《や》せている光流は、吹っ飛ばされて怪我《けが》をするかもしれない。首の骨でも折ったら一大事だ。フィギュアスケートならそんな危険なことはない。

「体験会？」

「光流が好きかどうかは、一度行けばわかると思う。運動好きじゃない子だから続くかどうかはわからないけど、試してみるのもいいんじゃない？」

夫がしぶしぶ賛成したのは、その前の週にラグビーの体験会に行ったからだ。なぜだかコーチの顔を見ただけで「怖い、怖い」と光流は泣き出し、すぐに家に連れて帰るはめになったのだ。帰りの道中、車を運転しながら、

「この子には、スポーツは無理かもしれないな」

と、夫はぼやいていた。だから、フィギュアでもなんでも、やってくれるならそれに越したことはない、と思ったのだろう。

ある日、リンク主催の親子スケート体験会に連れて行った。最初からフィギュア

とかホッケーとかスピードスケートとかに分けるのではなく、ともかく氷で滑ることを体験させるのが目的の会だった。

最初私はハラハラしていた。母子一緒の体験教室だったけど、地上とは違うつるつるした氷の感触に、泣き出したり、親にしがみつく子もいた。子どもの頃に何度か滑っていたので少しは慣れているつもりだったが、私は踏み出した途端転びそうになって、危うく手すりにしがみついた。その反動で光流と繋《つな》いでいた手が離れ、光流はすってんと氷に叩《たた》きつけられた。

「ごめんね、光流。大丈夫？」

差し出した私の手を、光流は振り払った。そしてひとりで立ち上がった。一歩二歩歩くと、また転んだ。今度も私の手を取ることなく起き上がった。そして、ついにすいっと滑り始めたのだ。

「そうそう、光流くん、上手ね。だけど、右の足首が横に曲がっているから、それをまっすぐにするともっといいよ」

インストラクターが褒めながら、ちょっとしたアドバイスをすると、光流はすぐにそれを取り入れた。すいすい、と気持ちよさそうに進んだが、止まり方がわからず、壁に激突した。それでも泣くことなく、また起き上がった。私の手は決して取ろうとしなかった。二時間の体験会が終わる頃には、ひとりで自由に前に進めるようになっていた。そして、インストラクターに言われたのだ。

「光流くん、センスいいですね。スケート教室に入りませんか？」

息子が褒められるのは嬉しかった。それがお世辞ではないことは、ほかの子どもたちの様子を見ればわかった。光流のように氷を怖がらず、二時間で滑れるようになった子は少なかったし、その中でも光流は群を抜いてうまかった。

だが、なんとなく怖くもあった。これまでとは違う世界に足を踏み入れてしまうような予感があったのだ。後から考えれば、それは間違いではなかったのだが。

「スケート教室って、フィギュアのですか？」

「いえ、最初はベーシックコースで基礎の練習をします。フォアやバックなどの滑りをある程度まで習得させるのが目的です。フィギュアかホッケーかは、その先の話になります」

それを聞いて安心した。スケート教室の月謝はそれほど高くない。用具もレンタルでいいと言う。だったら、夫も嫌とは言わないだろう。

「ほんとにやらせるつもり？」

夫はまだ迷っていた。いま考えると、夫にも何か予感があったのだろう。光流がスケートをすることで私たち家族が、何より本人が、どれほど犠牲を払うことになるかを。夫はごくふつうの幸せな人生を歩むことを、光流に願っていたのだ。

「だって、あんなに嬉しそうな光流に、ダメだと言える？」

光流は家に帰ってからも興奮していた。「またスケート行きたい」としきりに言っていた。その願いをかなえてやりたいと思うほどには、夫も息子に甘かった。

夫を説得しながら、私は光流を妊娠していた時のことを思い出していた。つわりがひどくて起き上がれなかった私は、毎日ゴロゴロとテレビを観て過ごしていた。その時、たまたま開催されていた、リレハンメル五輪のフィギュアスケートの男子の試合を観たのだ。

当時はフィギュアスケートといえば女子がメインだ、と私は思っていた。アルベールビル五輪で日本女子がトリプルアクセルを跳んで初の銀メダルを獲《と》ったのが、つい二年前のことだったし、妖精のように可憐《かれん》な女の子がくるくる回る姿は目に心地よい。男子の試合を観たのは、それが初めてだった。女子とは違うジャンプの力強さ、ダイナミックさに感心していると、ひとりの選手が目を引いた。フランスのその選手は有名な映画音楽で滑っていたのだが、振付が個性的で、まるでドラマのワンシーンを演じているようだった。

こんな選手がいるのか。

感動した私は、その映像をテープに録画し、繰り返し何度も何度も観ていた。その選手のファンになったのだ。しばらくは彼の出場する試合を録画したりしていたけど、当時はフィギュアスケートの雑誌もなかったし、SNSもなかったから、その熱は長くは続かなかった。光流が生まれ、子育てに忙しくなると、スケートを観る暇などなくなった。フランスの選手のことも、すっかり忘れていた。

もしかすると、あのビデオを観ていたことが、光流の胎教になっていたのかしら。

ふとそんなことを思うほど、光流のスケート熱は高かったのだ。

ベーシックコースに入った光流は、あっという間にそこで教えられることを身に付けた。

「そろそろ上のクラスに進んだ方がよさそうですね。このクラスでは光流くんにはもう物足りないと思います」

そして、フィギュアスケートかアイスホッケーかの選択を迫られた。光流に聞くと、「フィギュアスケート」と、即答だった。

「アイスホッケーの方が男の子も多いし、ユニホームもカッコいいよ。それに、ゲームみたいできっと楽しいぞ」

夫がいくら言っても聞かなかった。光流はアイスリンクに行くと、先輩スケーターがくるくる回ったり、ジャンプしたりする姿を目で追いかけていた。そして、自分も見様見真似《みようみまね》でやろうとするのだった。一方、アイスホッケーの練習風景には、ちっとも関心を払わなかった。だから、フィギュアスケートを光流が選ぶことは、私にはわかっていた。

もともと音楽を聞くと踊り出すような子だった。だから、フィギュアスケートの方がこの子の性に合っているのだろう。

いつかあのフランス選手のように華麗な滑りができるようになるかもしれない。

私は夢想してうっとりした。そうなったら、どんなに嬉しいだろう。

「大丈夫よ。フィギュアスケートにお金が掛かるのは、個人レッスンを受けるような選手になってから。ふつうに田舎のリンクで、お稽古事《けいこごと》として習う分には、そんなにお金は掛からないそうよ」

私はそう言って夫を説得した。それは事実だった。一回二時間、週二回習うだけなら、それほど高くはない。ふつうの習い事の範疇《はんちゅう》だ。お金の問題より、光流が楽しそうだということが大事だった。周りは女の子ばかりだったが、それも苦にせず、スケートの練習がある日が待ち遠しくてならないようだった。

あまり光流がスケートのことばかり言うので、私は録《と》りためていたオリンピックや世界選手権のビデオを観せることにした。好きだったフランスの選手が出場している試合の映像がそのまま残っていた。当時はフィギュアスケートの人気も低く、地上波で放映される試合も限られていたから、試合の映像は貴重だった。それで、録画した映像を処分することができず、ずっと取っておいていたのだ。何も説明しなかったのに、私が好きなフランスの選手を指差して、光流は言った。

「この選手、カッコいいね」

「そう？　わかるの？」

「うん。ほかの人とちょっと違う。踊りが上手。すごい人気だし」

その選手は当時日本でも人気が高かった。彼が滑った後には、雪崩を打ったようにスタンド席のお客が動いた。花束を少しでも近くから投げ入れようとして、手すりのある最前列まで移動したからだ。

氷の上に降り注ぐ花束の数々。それまでのフィギュアの試合では見られなかった光景だ。まるでアイドルのコンサートのように観客は熱狂していた。

「僕もこんな風に人気者になりたい」

思わず笑みが浮かんだ。引っ込み思案のこの子がそんな欲を持つなんて。なんでもいい。夢を持つことはとても大事だ。

「そうね。一生懸命練習すれば、なれるかもね」

「うん、練習するよ。そしてこの人よりも人気者になる」

まさかそれが現実になるとは、この頃は思ってもみなかった。光流は有言実行だとファンが言う。それはこの時からそうだったのだ。

スケート教室に通っているうちに、光流はクラブ・チームの存在を知る。リンク主催のスケート教室は五十人以上の生徒がいて、一斉に練習する。インストラクターがまずフォアとかバックとかその日練習する課題の見本を見せる。それを生徒たちが真似して繰り返すというやり方だ。先生はその時々で異なるし、生徒の数も多いので、細かい指導はしてくれない。より上のレベル、つまりバッジテストで級を取り、試合に出ようと思うなら、さらに専門の指導を受けなければならなかった。

「僕、クラブ・チームに入りたい」

光流がそう言い出したのは、六歳になる冬のことだった。クラブ・チームというのは、そのリンクに所属する七人ほどのインストラクターがそれぞれ運営しているもので、選手育成を目的にしている。私も息子がスケートを習い始めるまでは知らなかったが、インストラクターはリンクに雇われているのではなく、リンクと契約した個人事業主だという。だからインストラクター同士の横の繋《つな》がりはあまりなく、それぞれが別のクラブなのだ。インストラクターの人気によって生徒数は変わるし、クラブによっては複数の先生がいるところもあるが、光流が当時通っていた千葉のリンクにはそんな有名な先生はいなかったし、みんな細々とクラブを運営していた。それでも、個人指導を受けるのだから、それなりにお金は掛かる。

「やっぱりそうきたか」

夫は溜息を吐いた。夫はキャッチボールしたりサッカーボールを蹴《け》り合ったりして、息子がほかのスポーツにも興味を持つよう仕向けていた。まだ『野球やサッカーをやる息子』というイメージに固執していたのだ。だが光流は、キャッチボールは怖がり、サッカーはボールを追いかけて走るのを嫌がる。

「スケートならもっと速く動けるのに」

というのがその理由だ。フィギュアスケート以外のスポーツをやらせることを、夫もそろそろあきらめ始めていた。

「こんなにフィギュアスケートを好きなんだから、光流のやりたいようにやらせましょうよ。スケートは反射神経を鍛えたり、体幹を強くするそうだから、やっておいて無駄にはならないわ。もし、将来ほかのスポーツをやりたいと思った時、スケートの経験はきっと役に立つはず」

「だけど……」

夫が気にしているのは金銭的なことだろう、と思った。だが、お金のためにフィギュアスケートをやらせられない、と言うのが嫌なのだ。

「私、春からパートに出ようと思うの。光流が学校に上がったらいまより時間ができるし、光流の習い事の分くらい、それで出せると思う」

私が強く言い張ったので、夫も結局は折れた。そして、息子に言った。

「自分でやりたい、と言ったんだから、投げ出さずに続けなさい。少なくとも三年続けないと、始める意味がない。やるからにはできるだけ上を目指しなさい。適当でいいなんて思うな。そんな気持ちでいたら、上達は望めないよ」

「うん、僕、世界一うまいスケーターになるよ」

無邪気に光流は言い切った。いつもは自信なさそうな光流が、ことスケートのこととなると自信を持って発言する。ほかの子と比べて自分の上達が早いことを、ほかならぬ光流自身が知っているのだ。もしかしたら、光流には自分の未来が氷の上に見えているのかもしれない。私はかすかに身震いした。

一方、夫はいかにも子どもの言いそうなことだ、と思ったらしい。

「そうか？　約束だぞ」

夫はぽんぽん、と光流の頭を優しく叩いた。

光流は加藤美緒《かとうみお》先生のクラブに入ることになった。そのリンクに所属するコーチは七人いたが、光流が迷わず「加藤先生がいい」と言ったのだ。スケート教室では各インストラクターが順番に指導を担当するが、その時の加藤先生の教え方が気に入ったようだった。

加藤先生は当時まだ大学を卒業したばかり。経験も実績もなかった。私が自分で選ぶとしたら、もっとキャリアのあるインストラクターにしただろう。だが、加藤先生はアイスダンスの出身でスケーティングの指導がうまかった。それに、練習が無味乾燥なものにならないように遊びの要素を取り入れていた。鬼ごっこで氷の上を速く滑る感覚を磨いたり、スピンを多く回った人が勝ちというスピン大会を催して、子どもたちを競わせたりした。これにはちょっとした景品が出たし、ほかの子には負けたくない競争意識が働いて、みんな必死に練習をした。

光流はスケーティングがうまい、とよく言われるが、最初に習ったのが加藤先生だったというのは大きいと思う。それに、加藤先生はのちに振付師としても有名になるくらいだから、人に見せる楽しさを子どもたちに教えるのもうまかった。ちょっとした手の動かし方や胸の張り方だけで、観る側の印象が変わることを、実際にやってみせながら子どもたちに理解させた。光流はもともと踊りが好きな子だったが、そうした加藤先生の指導でますますその気持ちを高めていった。バッジテストも受験し、級別で行われる地元の大会に出ていきなり優勝し、みんなを驚かせた。それが嬉しかったのか、リンクに行く回数を増やし、練習にも積極的に取り組んだ。

私はパートを始めた。パート先はリンクの隣のスーパーの食料品売り場。何かあった時にはすぐに光流のところに駆けつけられるし、買い物に行く手間が省けるので助かると思ったのだ。それは決してつらいことではなかった。働くことは苦にならなかったし、パートの仲間も光流を応援してくれる。何より光流が確実に上達している。それを私が支えているのは嬉しかった。

まだ深夜の貸し切りには参加しなかったし、小学校を休むことは夫が固く禁じていたので休まなかったが、光流や私の生活はどんどんフィギュアスケートに侵食されていった。小学校に入った頃はまだ週の半分はスケートを休んでいた。だが、光流はもっとうまくなりたいと言って練習日を増やしていった。本人は毎日でも行きたがったが、父親が「日曜日くらいは休みなさい」と言って、最初は練習に行かせなかった。しかし、試合やバッジテストはだいたい日曜日に行われるし、長時間練習する絶好のチャンスだ。なし崩し的に日曜日もスケートに行くようになった。

私も最初は週三回だったパートを五回に増やした。光流がいなければ平日家にいてもたいしてやることはない。夫は営業職で、出世するにつれて夜遅くまで接待に駆り出されることが増え、夕食も家で摂らない日が続いた。だったら、凝った夕食を作る必要もないし、パートに行った方がましだと思ったのだ。パートと家事で忙しかったから、私が光流の練習をつきっきりで見ることはなかった。だが、時々でもリンクをのぞいていれば、自分の息子の上達ぶりははっきりわかった。加藤先生の教えている十人ほどのグループの中で、小学校二年生の光流は群を抜いていた。練習中はほかの子とふざけたり雑談したりもするが、スイッチが入った時には真剣に練習する。

それを見て、ほかの子に声を掛けられても聞こえないくらい集中していた。やはり光流はスケートの才能に恵まれているのだ、と。私は思った。

光流が望む限り、スケートをさせよう。光流の才能は天から与えられたものだ。それを生かすのは光流の義務だ。それを助けるのは私の役割だろう。

その頃には、私の中である考えが生まれていた。光流をこのまま加藤先生のところに置いておいてもいいのだろうか、と。加藤先生は確かにいい先生だった。明るくて前向きだし、人柄にも信頼が持てる。幼い子どもに習わせるのには、これ以上の先生はなかなかいなかっただろう。だが、これからノービス、ジュニアと上がっていく時の指導者としては疑問が残る。

加藤先生はジャンプの指導についてはそれほどうまくなかった。アイスダンスをやる前はシングルで練習していたから、二回転《ダブル》ジャンプくらいまでは自分でもできたし、教え方にも問題はない。しかし、それ以上になるとどうなのだろうか。

加藤先生に限らず、指導者の多くは、現役時代に自分が跳べた以上の回転数のジャンプを生徒には教えなければならない。ジャンプの原理を理解し、指導者に必要な観察眼を持っていれば、教えることも可能だという。だが、三回転《トリプル》さらには四回転《クワド》まで身に付けさせようとするなら、それを跳んだことがある先生に指導を仰ぐ方がいいにきまっている。四回転は三回転までとは全然違う跳び方だというから。

光流は二回転ジャンプから三回転ジャンプの練習を始めているところだ。いまが大事な時期だ。これからジュニアくらいまでの段階でトップレベルに上がれるか、並みの選手で終わってしまうかが決まるのだ。この時期に鳴かず飛ばずの選手が、シニアになって大化けした、なんて話は聞いたことがない。

私はほかのコーチを探し始めた。光流の才能を認め、伸ばしてくれる優秀なコーチを。

そんな時、夫の転勤の話が持ち上がった。転勤先は東京の新宿本社だ。いまの千葉のマンションからは通えなくなるので、引っ越しと光流の転校もさせなければならない。どうしようか、と夫に言われた時、

「もちろん引っ越しましょう。家族は一緒にいるべきだと思うし、学校のことやリンクのことはどうにでもなるわ」

私は即答した。いいチャンスだと思ったからだ。実際のところ千葉のリンクはその年いっぱいで閉鎖されることが決まっていた。どちらにしてもいまのリンクに通い続けることはできないのだ。それに、初心者の頃からお世話になった加藤先生からしこりなくコーチを変えるには、ちょうどいい状況だった。このタイミングで夫の異動の話が来たのは、やはり光流が持って生まれた強運のおかげだろう。

もうひとつ、東京に引っ越したいと思う理由があり、こっちの方が私には深刻な問題だった。光流が小学校でいじめに遭っているというのだ。後から知ったが、こ

れはスケートやバレエを習っている男の子にはよくあることで、「女みたい」とからかわれたり「ジャンプ跳んでみろよ」と言われるのは日常茶飯事。練習や試合のために授業や行事を休んだり、掃除当番などもやらずに帰ったりすることで、クラスから浮いてしまうのだという。

小学二年生なのでさすがにひどい暴力はなかったが、仲間外れにされ、体操服や教科書が隠されたりしたという。

光流自身は、それについて親にはひと言も言わなかった。担任の先生に聞くまでは私も知らなかったし、とてもショックだった。千葉といっても、この辺はまだまだ田舎だ。ほかの子とは違うことをやっている子は排除されるのだろう。東京の、スケートリンクのすぐ傍に引っ越せば、同じような境遇の子がいて、いじめも減るのではないか。そんな想《おも》いもあったのだ。

小学校三年の時、引っ越しを決めた。引っ越す前にいろいろ調べて、光流にとっていちばんよさそうなコーチを探し、そのコーチのいるリンクのすぐ傍のマンションを引っ越し先に選んだ。そのコーチ、柏木《かしわぎ》豊《ゆたか》先生は、数年前まで全日本や国際試合で活躍していた名選手で、三回転《トリプル》アクセルが得意だった。四回転を試合で決めたことはないが、練習では何度も成功していたという。性格も穏やかで、生徒を怒鳴りつけたり、威嚇したりはしないらしい。若いのでコーチとしての実績はこれからだが、自身もカナダに留学経験があるので、新しい指導法も身に付けているようだ。

その判断は正解だった。人見知りの光流が柏木コーチにはすぐなじんだし、優しい先生なので、クラブの雰囲気も明るかった。さらによかったのは、同じクラブに同い年の男子のスケート仲間ができたことだった。彼、伏見和馬《ふしみかずま》は小三からスケートを始めたので、スケーティングやスピンなどの技術では光流に遠く及ばなかったが、運動神経がよく、ジャンプが得意だった。彼があっという間に二回転までのジャンプを習得し、ジュニアに上がって三回転の練習も始めるようになると、光流の方もジャンプの練習に熱が入った。自分の方が先に始めたという自負があったので、意地でも抜かされまいと思っていたのだろう。

ノービスからジュニアという難しい時期に、切磋琢磨《せっさたくま》する仲間が身近にいたことは、光流の進化に大いに役立った。もし光流がクラブでたったひとりの優秀な男子ということであれば、光流はダレてしまったかもしれない。また、和馬は学校で人気者だったので、その友人である光流も、すんなり友だちの輪に溶け込むことができた。親としてこんなありがたいことはない。和馬という子は、光流が成長していく過程で本当に力になってくれた、といまでも感謝している。

その頃から、光流は本来の才能を発揮し始めた。初めての全国大会であるノービスB、つまり九歳から十歳くらいの、バッジテストでは三級以上の子が集まる大会で優勝したのだ。

光流が初めて日本一という栄冠を得たのは、この時だ。

当時はノービスなんてクラスは一般の人には知られていなかったし、そこで全国優勝したところで、新聞に一行名前が載るくらいだ。それでも私は嬉しかった。身体が弱く人見知りだった光流が、リンクの中央で臆せず、堂々と演技する。それだけでも素晴らしいのに、それが人に評価され、全国一という称号を勝ち得たのだ。なんとすごいことだろう。勉強であれ運動であれ、人並みより上に行った経験は、私にはなかった。そんな私の子どもが日本一なんて、とても信じられなかった。

「いずれはオリンピックだね」

祖父がそう言って目を細めた。元気のいい姉の息子と比べて光流は覇気がない子だと言っていたのに、一夜にして祖父のお気に入りの孫になった。現金なものだ、と思ったが、悪い気はしなかった。私は自分が褒められても、お世辞を言われているんじゃないかしら、と疑ってしまうような質だが、息子のことなら素直に喜べた。

なぜなら全国一位と、数字ではっきりと出ているのだ。

私の息子は同世代の日本人の誰よりもうまい。これは動かせない事実なのだ。

光流の快進撃は続き、十一歳から十二歳くらいの子が出場するノービスAでもいきなり優勝。スケート連盟の推薦で、それより年上の子が集まる全日本ジュニアの大会に出場することになった。

いつも光流の試合はドキドキしながら会場の隅で観ていたが、全日本ジュニアは気楽だった。結局はジュニアの大会だ。みんな光流より年上だ。なかには大学生もいる。小学生の息子が敵《かな》うわけがない。そう思っていたのだ。それは光流も同じで、「全然緊張しなかったよ」と、終わった後、ケロリとしていた。

それがよかったのだろう。周りと比べてひときわ小さな身体の光流が、堂々とした演技でジャンプも次々と決めていった。終始のびのびと楽しそうに滑っていた。その反面、世界ジュニアの出場権が掛かった年長のトップ選手の方が、がちがちになって失敗が続いた。

終わってみれば、光流は三位だった。同世代だけでなく、上の世代と比べても遜《そん》色《しょく》ないということが、これで証明された。

ノービスの子がジュニアの大会で台乗りした。

これは全国ネットのニュースで流れたし、写真付きで新聞にも紹介された。それまでは息子自慢と取られるのが嫌で、光流の成績のことを周りには話していなかったが、テレビで紹介されると途端にいろんな人から祝福された。古いつきあいの友人からは花束を贈られたたし、いろんな親戚から電話やお祝いの品をもらった。

「あなたの息子さんは素晴らしいですね」

会う人ごとに褒められて、私はうっとりした。

もらったトロフィーをリビングのいちばん目立つ場所に飾り、毎日眺めていた。

この子はこの先どこまでうまくなるのだろう。

オリンピックに出るのも、決して夢ではない。

この子は確かに才能があるのだから。


光流のファンという人が初めて現れたのもこの頃だ。地元の大会が終わって帰宅するとき、「川瀬光流くんですよね」と、三十歳くらいの女性が突然、私たちの前に立ちはだかった。

「はい、そうですけど」

見知らぬ人に声を掛けられ、私は光流を後ろに隠すようにして立った。女性は優しい目で光流を見ながら、小さな花束を差し出した。

「私、光流くんのファンなんです。これからも応援しています。よければ受け取ってください」

青いデルフィニウムの花だけでこしらえた小さな花束だった。その可憐な花束は、きっと光流をイメージして選んだのだろう、と思った。花束には手紙もついていた。

「ありがとうございます」

光流は素直に手を出して、それを受け取った。さらに彼女は言う。

「あの、よければサインしてもらえますか？」

「サイン？」

光流はちょっと首を傾《かし》げて私の顔を見た。

「サインってどうすればいいの？」

「すみません、この子、まだサインとかしたことなくて」

私が光流の代わりに説明した。

「あの、ふつうに名前を書いてくださるだけでいいんです」

彼女はそう言って、小冊子とペンを差し出した。その日の大会のプログラムだ。

「どこに書けばいいの？」

光流が尋ねると、女性はプログラムの最後のページを開いた。光流はそこに「川瀬光流」と縦に書いた。なんの芸もない、ふつうに署名しただけだ。これが光流の最初のサインになった。

女性はお礼を言って帰って行った。

「光流の演技を観て、応援してくれる人がいるのは嬉しいね。ちゃんとお礼も書こうね」

私は光流にそう話したが、嬉しい反面、少し複雑な気持ちだった。光流はまだ小学生。ファンがつくには早すぎる。もうちょっと年上ならわかるけど、こんな子どものファンになるって、どういうつもりだろう。息子に何を求めているのだろう。

「アイドルファンにも、そういうのが好きな人はいるよ。実力や人気が定まった子よりも未知数の子がいい。その子の成長を見守りたいってタイプ。その子が有名になったら『あの子を昔から応援していたのよ』と言って、自慢できるしね」

いまでもジャニーズのコンサートに行っている姉が、そう教えてくれた。それを聞いて、ますます複雑な気持ちになった。息子はスポーツ選手だ。アイドルじゃない。スポーツの習熟を評価するのではなく、そういう目で小学生の息子を見てほしくはない。

光流はサインの練習を始めた。いつ頼まれても大丈夫なように、カッコいいサインを作るんだ、と張り切っている。

この時、初めて私は、息子にやらせるスポーツを間違えただろうか、と思った。まるで芸能人気取りだ。光流はアスリートだ。ちやほやされて、いい気になってほしくない。ほかのスポーツなら、小学生にファンがつくなんてことはないだろうに。

その違和感は、ジュニアでの海外遠征の時にさらに強いものになった。中学二年生になった息子がグランプリシリーズの初戦で派遣されたのは、遠いメキシコだった。ジュニアの海外遠征地は遠隔地が多いが、まさか地球の反対側に行くことになるとは思わなかった。私は小さい頃から光流の出る試合には必ず付き添ってきた。光流は神経質で、大きな試合の前になると緊張して熱が出たり、おなかを壊したりした。必要な時は私が傍にいて、手助けしてやる必要があったのだ。ジュニアになって初めてのグランプリシリーズという大きな試合、付き添わないという選択はなかった。

そのために掛かった費用も莫大だった。選手である光流の渡航費は連盟から出してもらえたが、帯同するコーチと私の分はうちで支払う。メキシコの時には百万も掛かったのだ。

宿は選手たち関係者とは同じホテルはダメだと言われ、すぐ隣のホテルに滞在した。食事も彼らとは別。なるべく節約するために朝はホテルのブッフェでおなか一杯食べ、お昼は食べないで済ませた。夜は、光流やコーチと一緒に食事できる時にはレストランに出掛けたが、そうでない時は日本から持ち込んだカップ麺《めん》やインスタントのごはんやみそ汁などで適当に済ませた。

ほかに帯同する親はいなかったので、私は試合期間中ずっとひとりで過ごした。

そういう努力をしているのに、私はどうやら関係者に歓迎されていないようだった。面と向かっては何も言われなかったが、なんとなく私に対する態度が冷ややかだ。子どもの試合にどこまでもついて来る過保護な親だと思われていたのだろう。

これがイギリスやフランスならともかく、地球の反対側の、メキシコなんて未知の場所に、中二の息子が行くというのだ。ついて行きたくない親はいるだろうか。誰になんと言われようと、私は自分が間違っていたとは思わない。

その大会の後のバンケットで事件は起こった。バンケットというのは試合後の打ち上げパーティで、ホテルのパーティルームなどを貸し切って行う。ドリンクと軽食が出される。おとなにはお酒も供される。選手と関係者しか入れないので、私は自分の部屋にひとりでいて、帰国に備えて荷物を整理していた。すると、部屋をノックする音がした。何かに怯《おび》えるように慌ただしく、何度も何度もドアが叩かれる。ちょっと怖かったが、のぞき穴から見ると、光流の顔が見えた。私はすぐにドアを開けた。

「どうしたの？」

顔を見ただけで、何かあった、と直感した。光流はバンケットのために買ったよそ行きのジャケットを着ていたが、ネクタイが乱れて、第一ボタンが外れていた。顔は強張っていて、いまにも泣きそうだったのだ。

光流は何があったかは言わなかったが「今夜はここで寝ていい？」と聞く。

「もちろんよ。ずっとひとりだったから、あなたが来てくれて嬉しいわ」

光流がシャワーを浴びたいと言うので、浴室を使わせた。私は光流のジャージと下着の替えを自分のトランクに入れていた。光流はいつも最小限の荷物しか持とうとしないので、こっそり予備の分を持ち歩いていたのだ。それがこんな時に役に立つとは思わなかった。

光流が浴室にいる間に、私は光流のコーチに電話した。何度もコールをして、やっと相手は電話に出た。

『こんばんは、どうしたんですか？　こんな時間に』

柏木コーチは浮かれたような声をしている。電話の後ろからざわめきが聞こえる。まだバンケットが続いているようだ。

「あの、光流がいま、私の部屋に来ています。ひどく動揺しているみたいなんですが、何があったのでしょう？」

『えっ、そうなんですか？　さっきまでここにいたはずですが』

のんびりした口調で言うのを聞いて、私はむっときた。この人は光流を見守る義務がある。ここは日本ではない。安全ではないのだ。夜中にホテルを移動するなんて危険を光流が冒しているのに、知らなかったとは何事だろう。

『あー、そういえばさっき光流のことを女子選手が「かわいい」って言って、情熱的にキスしていましたね。光流は嫌がっていたんですが、周りが面白がって囃《はや》し立ててましてね』

それを聞いて、血の気が引いた。

光流にキス？　まだ十四歳の子どもに？

情熱的ってどういうことだろう。ほっぺにチュッ程度ではないに違いない。

『まあ、ちょっとした悪ふざけですよ。ほら、海外の選手の方が発育がよくてませてますし、年齢的にも光流が最年少でしょ？　そのくせ大会では三位になったんで、ちょっとやっかみもあったんでしょうかねえ。「ヒカルはファーストキスか」なんて言いながら抱きついて来たので、光流は赤くなっていましたよ。さっきまでみんなその辺にいたけど、どうしたのかな。部屋に戻ったんでしょうか』

頭がガンガンした。

公衆の面前でキスをして抱きつく。

私は試合で観た何人かの女子選手を思い出した。ジュニアと言っても十代後半の選手たちは胸も大きく、立派に女性の体型をしていた。十四歳の光流とは、おとなと子どもくらい違う。そんな女が私の光流になんてことを。

「どうして……どうして止めてくれなかったんですか」

電話を持つ手がぶるぶる震えていた。

「それは立派なセクハラじゃないですか。そういうことを監視するために、おとなのあなた方がいるんでしょう？　なんのために高いお金を払って帯同をお願いしたと思っているんですか。試合の時にアドバイスをするだけじゃなく、旅先の危険から守ってくださると思ったからなんですよ。それなのに、なんで」

怒りのあまり息が苦しくなって、言葉が詰まった。逆にそれでよかった。そうでなければ、私は電話口でずっと柏木コーチをなじり続けただろうから。

『確かに、そうでした。申し訳ありません。私の監督不行き届きでした』

私の怒りを察して、柏木コーチはすぐに謝った。浮かれた調子は消え、いつもの真面目な口調になっていた。

そう、コーチと言っても、結局雇われている身、雇い主は私なのだ。

『それで、光流くんはいま、おかあさんの部屋に？』

「ええ。いまシャワーを浴びています」

『これから迎えに行きましょうか？』

「いいえ、ショックを受けているみたいなので、とてもそちらに戻す気にはなれません。それに、ホテルの部屋に誰かが夜中に押し入って来るかもしれませんし」

まったく、なんて悪い子たちなんだろう。最年少の子にセクハラをするなんて。

いや、悪いのは子どもたちじゃない。酒の入ったパーティの浮ついた雰囲気に、子どもたちが毒されただけなのだ。問題はおとなたちだ。子どもたちがハメを外しすぎないように、ちゃんと監督をする義務があるのに。

そもそもなんで未成年をお酒のある席に呼ぶのだろう。しかも、始まりは夜の九時過ぎだ。選手たちはみんな疲れているんだから、集まるならおとなだけにすればいいのに。

来なくてもいい、と言ったのに、結局柏木コーチは私の部屋に来た。

「本当に申し訳ありませんでした。問題の選手たちにも明日ちゃんと謝らせます。それぞれのコーチや連盟にも伝えて、こういうことが二度と起きないように気をつけますから」

しばらく光流とふたりで話がしたいと言うので、私は一階のロビーに降りて待っていた。三十分ほどすると、ふたりは降りてきた。

「僕、部屋に戻るよ」

光流は落ち着いた顔になっていた。

「ほんとに、大丈夫なの？」

「すみません。僕の方でちゃんと見ていますから」

柏木コーチの言うことは信用できない、と思ったが、光流自身が「大丈夫」と言い張るので、留《とど》めることはできなかった。

この一件は、私の中に大きなしこりとなって残った。そして、私は決意した。これからどんな試合でも、光流に帯同しよう。過保護と言われてもいい。結局息子を守れるのは私だけなのだから。

それにもうひとつ。いずれ柏木コーチとは縁を切ろうと決意した。この人はあてにならない。肝心な時に酔っぱらって、光流から目を離した。

そもそもキスを「悪ふざけ」と思うような人は、セクハラという概念をちゃんと理解していない。そんな人に息子を預けられない。男の子でもセクハラに遭う時は遭うのだから。

とはいっても、すぐにコーチを変えるわけにはいかなかった。柏木コーチ以上のコーチがどこにいるのか。どうしたら、その人に光流を引き受けてもらえるのか、そもそものためのお金をどうしたらいいのか、私にはわからなかった。

しかし、突然の出会いがそのすべてを解決してくれた。

幸田妙子。

もし、彼女がいなければ、金メダルを獲るという光流の夢はかなわなかったかもしれない。

それくらい彼女の果たした役割は大きかった。

メキシコの事件から半年後、初めて出場した世界ジュニアでは、光流は十三位に終わった。その時、日本チームを率いていた連盟の責任者の間瀬《ませ》という男性は、高圧的でとても嫌な人だった。光流が期待したほどの成績が取れなかったことで、柏木コーチと私を頭ごなしに怒鳴りつけた。

「こんな試合に親が付き添うような過保護な子だから、試合で頑張れないんだ」

そう言われたことが、私にはものすごくショックだった。光流にフィギュアを続けさせるために、私は精一杯のことをやっていた。深夜や早朝の練習の送り迎え、試合の遠征の付き添いはもちろん、光流の衣装は自分で作ったし、好き嫌いの多い光流のために、工夫して毎日弁当を持たせていた。光流にお金を掛ける分、生活を切り詰めた。パートで働いていたが、光流の成績が上がるにつれて出費も増えた。遠征や合宿、個人指導の時間も多くなったからだ。結局パート代だけでは足りず、家計をやりくりすることになった。クリーニング代を節約するために夫のワイシャツは私が洗ったし、パートをしているスーパーの消費期限切れ間近の食材が、毎日の献立に並んだ。外食も滅多《めった》にしなかった。自分の人づきあいは最小限に留め、ママ友の食事会や学生時代のクラス会などは全部断った。洋服も夫や息子の分は新調したが、自分のためにはほとんど買わなかった。

そんな私の唯一の楽しみが、光流の活躍を観ることだったのだ。光流の身体が心配だということもあったが、私が帯同を欠かさなかったのは、それが楽しみでもあったからだ。その頃はノービスやジュニアの試合が、テレビやネットで配信されることはなかった。試合を観るためには、現地に足を運ぶしかなかった。試合を通じて光流は何かを学び、確実に成長していく。それを私は見逃したくなかった。ひと試合ごとに起こるさまざまな出来事を、光流と分かち合いたかったのだ。

それに帯同には旅行の楽しみもあった。光流のおかげで、それまで行ったことのないような場所に足を運んだ。試合以外の時間は観光することもできた。日頃禁欲的な生活を送っている私には、とてもいい気分転換になった。それがなければ、こんな生活はとても続けられなかっただろう。

それなのに、私の努力を全否定するようなことを言われたのは、衝撃だった。ショックのあまり、言い返すこともできなかった。

その時、その場に居合わせたひとりが、連盟の理事である幸田妙子だったのだ。間瀬に遠慮して、周りの人は誰も私をかばってくれなかったが、彼女は違った。

「それは関係ないでしょう。優勝したアメリカの選手だって、ご家族が観に来ていましたよ。ご家族の応援があるから選手は頑張れるんです。光流は今回靴の調子が合わなかったから、ジャンプが決まらなかったんです。気づきませんでしたか?

それなのに、おかあさまを責めても仕方ないでしょう？」

面と向かって反論されて間瀬はキッと幸田をにらんだが、彼女はひるまなかった。

「今回の成績が振るわなかったのは、光流だけじゃない、智香《ともか》も美沙《みさ》も実力を発揮できなかった。それがどうしてなのか、現地入りする日程が遅かったのか。選手たちが試合慣れしていなかったせいなのか。光流のおかあさまを責める前に、我々が考えなきゃいけないのはそっちじゃないですか？」

正論だった。間瀬は黙り込んだ。そのまま部屋を出て行った。

私は涙が出るほど嬉しかった。地元の連盟の人たちは優しいし、いろいろ光流のために協力してくれる。だけど日本スケート連盟の理事となるとかなり距離がある。光流の靴のトラブルについても、いちいち報告はしていなかった。柏木コーチは言っていた。

「靴のトラブルのことを言うと、それを言い訳にしているように思われます。間瀬さんは昔ながらの体育会系だから、そういう行動を嫌がります。靴の件は内緒にしておきましょう」

だから、誰も知らなかったはずなのに、この人はちゃんと光流のことを見ていて、気づいてくれたのだ。連盟の中にも、思いやりのある人はいるんだ、と思った。

その後、ホテルの私の部屋に行き、幸田といろんな話をした。彼女は私の不満や不安に黙って耳を傾けてくれた。

「時々思うんですよ。こんなにたいへんだったら、スケートなんてやめさせて、ふつうの高校生活を送らせた方がいいんじゃないかって。いまは中二だから、ふつうの生活に戻すぎりぎりのタイミングだと思うんです。光流は学業の成績もいいし、このまま頑張ればそれなりの大学に進めると思う。夫や祖父母もそっちの方がいいんじゃないかって言うんです」

光流がスケートをやることにいちばん賛成したのは私だ。光流は私の予想を超えてスケートにのめり込み、成績も上げていった。ノービスでもジュニアでも全国一位。私たち親が望んでいた以上の結果を出してくれた。私がそれまで見たことのない景色を見せてくれた。それはとても喜ばしいことだけど、失うものも多かった。子どもらしい遊びや人づきあい、さまざまな行事など、あきらめたことはたくさんあった。小学校の遠足も修学旅行も欠席した。友だちもスケート仲間ばかり。金銭的な負担もきつかったが、そのことが不安だった。光流はこのままスケートしか知らない子どもになってしまうのではないだろうか。

そうまでしてスケートに賭《か》けたとしても、怪我をすればそこまでだ。そうなった時、光流は立ち直れるだろうか。スケートを取ったら何もないと思っているんじゃないだろうか。どちらかというと悲観的な私は、それを考えると夜も眠れなかった。

無事にシニアまで続けられたとしても、フィギュアスケートは仕事には結びつかない。せいぜいインストラクターか振付師になるくらいだ。よほどの実力と人気があればタレントや解説者の道も開けるが、そうなれるという保証はない。仮にそういう仕事に就けたとしても、不安定で収入の保証もない。それよりもこの子の父と同じように、ふつうに大学に行ってふつうに会社勤めをした方が、はるかに安定した豊かな生活が送れるのではないだろうか。

光流には天賦の才能がある、と信じていても、それを考えると迷いがあった。

「こんなに一生懸命息子を支えているのに、連盟の偉い人にあんなこと言われるのはショックでした。成績が悪かったのはうちの息子だけじゃないのに、私ばかり責められて。あんなことまで言われるんだったら、スケートはやめさせたい」

黙って聞いていた幸田は、そこでようやく口を開いた。

「間瀬の件は申し訳なかったです。彼は彼なりにはっぱをかけたつもりなんでしょうけど、おかあさまに言うことではありませんでした。すみません」

「いえ、幸田さんに謝ってもらうことでは……」

「ただ、それだけ光流くんにみんなが期待していたんです。彼なら、六位以内に入れるだろう、と我々は予想してましたから」

「六位以内なんて、まさか」

世界ジュニアで六位以内に入るということは、世界でトップ6ということだ。連盟の人たちはそこまでうちの息子に期待していたというのか。

「おかあさまがいま、光流くんをやめさせたら、それは光流くんの傷となって残ります。光流くんはようやく世界の舞台に立てて、やる気になっているはず。今回の惨敗だって、次への糧にしようと張り切っている、あの子はそういう子ではありませんか?」

「ええ、でも……」

「おかあさまの戸惑いはわかります。フィギュアを極めようとすれば、いろんなものを犠牲にしなければならない。ほかのことを全部切り捨てて、フィギュアに全力を注いで、それでも栄光を掴めるかどうかはわからない。だけど、賭けてみる価値はあります。光流くんはそれだけの逸材です。このまま素直に伸ばせば、オリンピックの金メダルだって夢ではない」

連盟の理事から出たその言葉に、私はぼーっとした。光流はいずれ金メダルを獲る、と自分で言っていた。それはただの夢だと思っていたが、理事から言われたことで、急に現実味のある話のように思えてきた。

「光流くんに金メダルを獲らせたいと思いませんか? 金メダルを獲れば人生が変わる。それから後の人生を歩んでいくにしても、大きな勲章になるでしょう」

「それは……」

「そのためのお手伝いを私にさせてくれませんか？」

幸田の目は獲物をみつけた鷹《たか》のように光っていた。私はその光の強さに圧倒され、すぐには返事ができなかった。

幸田は光流にスポンサーをみつけてくれた。そのスポンサーは会長がフィギュアに並々ならぬ関心を持っており、これまでも何人もの選手の援助をしてきた。それでもジュニアで国内優勝程度の戦歴の光流が、大手企業にバックアップしてもらえるというのは異例のことだ。これはひとえに幸田の口添えによるものだった。あまり知られていないが、幸田はその会長の姪《めい》にあたる。会長がフィギュアに関心を持ったのも、現役時代の幸田を応援しに行ったのがきっかけだという。連盟の中枢部にいるような人たちはお金持ちが多い、と噂《うわさ》には聞いていた。連盟の仕事はお金になるどころか、持ち出しも多い。働かなければ生活できないような庶民では、連盟の仕事に打ち込むことはできないだろう。そもそも日本がまだ貧しかった戦後の時代にフィギュアスケートを習うことができたのは、よほどのお金持ちぐらいだ。幸田もその例に漏れず、銀の匙《さじ》をくわえて生まれてきた、根っからのお嬢さまなのだ。おかげで金銭的な面ではとても楽になった。週末には東京から名古屋のナショナルリンクへ通うことができるようになったし、衣装も初めてデザイナーに注文して作ってもらうことになった。光流はますます練習に打ち込み、確実に成果を上げていた。三回転アクセルを習得して、当時のジュニアとしたら最高難度のジャンプ構成を試合に組み入れることができるようになった。

「そろそろ次のステップを考えなきゃいけませんね」

翌シーズンのジュニア・グランプリシリーズの初戦、三回転アクセルを決めた光流が優勝したのを見て、幸田が私に言った。私はグランプリシリーズ初優勝に浮かれていて、幸田の言っている意味がよくわからなかった。

「次のステップ？」

光流は着実にステップを上っているではないか。何を焦る必要があるのだろう。

「オリンピックで金メダルを獲るためには、いまのままの環境ではいけません。チャンピオンを育てることに秀でたコーチにつかなければ」

「それは、日本の先生ですか？」

「いえ、海外じゃないと。リンク環境からして全然違いますし。アメリカかカナダか、光流くんならロシアでもいいかもしれませんね」

光流を遠い外国にやる。そんなことができるだろうか。

「それはまだ早くないでしょうか。光流はまだ中学生ですし」

私がそう言ったのは、年齢のこともあるが、光流と別れて暮らすことに耐えられない気がしたからだ。いまの私の生活は光流のフィギュアを支えるために回っている。それがなくなったら、自分は何をやったらいいのだろうか。

そんな私の気持ちを見透かしたように、幸田は言った。

「もしよければ、おかあさまも光流くんと一緒に行かれたらどうでしょうか」

「私が？」

考えてもみなかったことなので、面食らった。

「光流くんはまだ若い。いきなりひとりで海外生活するには無理があるでしょう。おかあさまにご一緒していただいて、生活の面だけでなく精神的な面でも支えていただいたら、光流くんも安心だと思います」

光流と離れなくてもいい、それは私をほっとさせた。そして、初めて私も真剣に光流の留学を考えるようになった。

確かに、フィギュアスケートで超一流になろうと思うなら、いまのままではいけない。もう一ランク上のコーチ、一ランク上のリンク環境が必要だろう。思い切ってそれに賭けてみるのもいいかもしれない。

仮に途中で挫折しても、海外で生活することは光流にとって、とてもよい経験になるだろう。英語は上達するだろうし、日本人以外の友人知人ができるだろう。日本で、学校とリンクの狭い世界しか知らないより、ずっと世界が広がるに違いない。

それで私は幸田に交渉した。

「光流を海外に行かせるのであれば、ふたつ条件があります。ひとつは英語圏にしてほしい、ということ。もうひとつは、世界ジュニアで三位以内に入ってからにしてほしい」

「英語圏というのはわかりますが、世界ジュニアで三位というのはなぜ？」

「だって、金メダルを獲るような選手はみんなジュニアでも結果を残していますよね。それができないなら、その先も期待できないですから」

「でも、世界ジュニアの結果を見てからでは、ちょっと遅いと思います。世界ジュニアは来年二月ですし、そこからコーチを探していたら、春には間に合いません。私としては、中学を卒業したらすぐに光流くんに海外に行ってほしいと思っていますから」

「中学を卒業したらすぐ？」

私が思っていたよりずっと早い。来年の春にはもう海外に行くことになる。もう二、三年先の留学を私は想定していた。

「十二月のジュニア・グランプリファイナルの結果を見て、ということでいかがでしょう？　そこで三位以内になれば、留学させるということで」

ジュニア・グランプリファイナル三位にしたってすごいことだ。ジュニア・グランプリシリーズの上位六人で争われるこの大会で三位以内になることは、世界トップ3ということに等しい。そもそも光流がファイナルに出られるかさえ、まだわからないのに。

「わかりました。もし光流がそこまでの結果を出せるのであれば、私も覚悟を決めます。光流の才能に懸けます」

光流にプレッシャーを掛けないために、このことは光流本人には言わなかった。そして、言わなくてよかった、と思った。光流はグランプリシリーズで結果を出し、無事ジュニア・グランプリファイナルへの出場を決めた。だが、その直後の全日本ジュニア選手権で優勝はしたが、フリーの最後のジャンプで転倒。腰を傷めてしまった。それからジュニア・グランプリファイナルまでわずか半月。幸い開催地は日本だったので移動はなかったが、試合の三日前までリンクに立てなかったのだ。これでは最後まで滑り切るのさえ難しい。今年は三位以内なんてとても無理だろう。

私はあきらめていた。同時に少しほっとした。高一の春から留学なんて、ちょっと早すぎる。もうちょっと日本で、家族の生活を送りたい。

しかし、腰の痛みというハンデを抱えながら、光流は試合で三回転アクセルを二回決め、ジュニア・グランプリファイナルで優勝した。光流が初めて「世界一」という称号を手にしたのだ。私は嬉しいというより、茫然《ぼうぜん》とした。私が思っていた以上に息子は強い。こころも身体も。

それに、光流の演技は美しい。繊細で音楽的で、誰よりも優雅だ。光流の演技を観ていると、自然に涙が流れてきた。こんな風にひとのこころに訴える演技ができるなんて、この子はほんものの才能の持ち主だ。

そして、確信した。

光流はスケートをやるために生まれてきた子なのだ、と。

「こうなったら、ご両親も覚悟を決めてくださいね」

満面の笑みを浮かべながら、幸田はそう言った。既にアメリカのジャクソンコーチから、光流を引き受けるという返事をもらっているという。

「はい、それが光流の運命なんですね」

光流はきっと神さまが自分に預けてくれた子どもなのだ。私や夫は平凡な、どこにでもいるような夫婦だ。そんなところに生まれてきてくれたのは、きっと我々からあの子の才能を生かせる、と神さまが見込んでくれたからなのだろう。

私は息子のためにすべてを懸ける。そのために私はいる。授賞式で晴れやかに笑う光流を見ながら、私はその決意を新たにしていた。

光流の留学に私が付き添うことで心配なのは、夫をひとり日本に残していくことだったが、これについても、神の配剤としか言えないような奇跡が起こった。春から夫が広島に転勤することに決まったのである。夫の実家は広島にあり、両親も健在だった。夫は広島に赴任している間、実家に住むことになった。それで、光流の海外留学に夫も快く賛成してくれた。夫自身も光流の快挙に驚き、たいそう喜んでいたから、私同様息子の才能に懸ける気持ちになっていたのだろう。

しかし、意外にも光流自身が留学に抵抗した。

「僕は柏木コーチが好きだし、教え方も上手だ。ジュニアで世界一になれたのは、柏木コーチのおかげだ。リンクメイトにも恵まれているし、わざわざ海外に行かなくても、僕はもっと強くなれる」

「それはそうかもしれない。だけど、いまのリンクでは十分な練習時間が取れない。フィギュアだけでなくアイスホッケーの選手も練習しているから、貸し切りの時間も限られている。週末にはわざわざ名古屋まで行って、埋め合わせをしているじゃない。考えてみて。アメリカのリンクならそんなことはない。フィギュア専用のリンクで好きなだけ練習できるだけじゃなく、スピンやジャンプの専門のコーチもいて、あなたをいろんな面から指導してくれる。同じ建物の中にはマシントレーニングやバレエを教えてくれるスタジオもある。それに世界トップクラスのチームメイトもいる。どちらの環境が、あなたをステップアップさせてくれるかしら」

「でも……」

「これからは、世界中の選手があなたのライバルになる。アメリカやカナダ、ロシアの選手はみんなそういう環境で練習している。そういう人たちに、満足な練習時間も取れないあなたが太刀打ちできると思う？」

「だけど、僕は彼らに勝ってるじゃないか」

「いまはまだジュニアだからね。ジュニアでは結果を出しても、シニアでは続かない選手なんてざらにいる。ジュニア時代は生まれ持ったセンスがものを言うけど、シニアとなれば身体も変わるし、感覚も変わる。トップに到達するのはたいへんなことなのよ」

「そんなこと、わかってる」

光流はふてくされていた。本心では私の言うことが正しい、と知っているのだ。それで、私は最後のひと押しをした。

「あなたはオリンピックで金メダルを獲りたいって言ったわね。それは本気なの？」

「本気だよ」

「だったら、いままでと同じことをしていてはダメ。こころを鬼にして切り捨てることも必要よ。柏木コーチは確かによくしてくれた。ジュニアの世界チャンピオンにまであなたを引き上げてくれた。でもこれから先、あなたをオリンピックの金メダリストまで押し上げてくれるのは柏木コーチじゃない、ゴールドメダル・メーカーと言われるジャクソンコーチなのよ」

光流は三日間抵抗していたが、結局は留学を受け入れた。光流にしても、アメリカのスケート環境や世界トップクラスのコーチの指導には、抗《あらが》いがたい魅力があったのだ。そして、光流は中学を卒業すると同時にアメリカに旅立った。

それからの十年は、ほんとうにあっという間だった。自分のように平凡で地味な人間が、アメリカで生活することになるなんて、思いもしなかった。幸田が背中を押してくれなかったら、きっと考えもしなかっただろう。幸田は家探しから車の購入まで付き添ってくれただけでなく、買い物の仕方からガソリンスタンドの使い方まで、アメリカ生活を詳細にレクチャーしてくれた。幸田は留学経験もあり、語学も達者だった。現地にいる日本人を何人も紹介してくれた。もしそれがなければ、英語もろくにしゃべれない私は、ひと月もしないうちにアメリカ生活に音を上げただろう。

アメリカでは決まりきった生活だった。朝起きると朝食を用意し、光流のためにお弁当を作る。好き嫌いの多い光流は、リンクに併設されているカフェのメニューは「味が濃い」と言って好まなかった。それにカロリーも高すぎる。結局は私が作った方が安上がりだし、安心だ。光流を送り出した後、掃除や洗濯などをしているうちに昼になる。昼食を適当に済ませると、週三日は英語教室に通う。それ以外は、たまに現地在住の日本人からお茶のお誘いがあるくらい。たいていは洗濯ものを畳んだり、アイロンがけをした後、近くのショッピングセンターで買い物をし、夕食を作った。日本の食材も店には置いてあったし、光流は日本食が好きなので、なるべく日本にいる時と同じようなメニューにしようと私は心がけていた。

夕食が終わって入浴した後、私は光流のマッサージをした。筋肉が固くなると怪我をしやすいし、アンバランスに筋肉がついても困る。それをやりながら、光流といろんな話をした。光流はあまり人づきあいをしないので、私としゃべることはいい息抜きになっていたと思う。光流はその後、自分の部屋で勉強をする。日本の通信教育で高校と大学の単位を取っていた。留学にあたって夫が出した唯一の条件は、学校をちゃんと卒業することだった。「スケートしか知らないおとなになっては困る」それが、夫の口癖だった。私は食後の後片づけをしてから、日本のテレビ番組を一時間ほど観て眠りにつく。その繰り返しだった。

こちらに来て最初の頃は、光流宛てに来たファンレターの返事を代筆したり、プレゼントのお礼状を書いたりしていた。数年前は光流にファンがつくのは奇妙なことのように感じたけど、いまは本当にありがたいことだ、と思うようになっていた。ファンレターはいい、としみじみ思う。みんな光流を愛し、光流のことを褒めてくれる。努力によって磨き上げられた技術とにじみ出る内面の美しさが光流の演技を形作っていることを、ファンはみんな理解している。多くの人がその美に共鳴し、魂を震わせる。光流の演技にどれほど心躍るか、光流を試合で観られるのをどんなに楽しみにしているか、いろいろな人がいろいろな表現で書き綴《つづ》っている。

私自身が光流のいちばんのファンだから、お手紙をくれる人たちの気持ちは痛いほどよくわかった。光流自身も、試合や練習でうまくいかなかった時には、気に入ったファンレターを何度も読み返していた。日本人に接する機会が少ないので、日本語が懐かしいということもあったのかもしれない。

有名になるにつれて、邪心を持って近づいてくる人や、光流を貶《おとし》めようとする人たちが現れる。たまたまそんな人に会ったり、嫌な言葉を目にすると、私も光流も暗い気持ちになった。光流は一途《いちず》にスポーツに打ち込んでいるだけなのに、なぜこれほどの誹謗《ひぼう》中傷を受けなければならないのだろう。あまり酷《ひど》い言葉を投げかけられると、ひとに会うのも怖くなる。その呪《のろ》いを解いてくれるのがファンレターだ。自分たちは間違ってない、ということをファンたちは教えてくれる。ファンの温かい言葉があったから、私も光流も孤独なアメリカ生活に耐えられたのだ。

実際、光流にはつらいこともいろいろあった。中学の頃、光流は携帯電話を持っていた。柏木コーチから連絡が取りやすいように持たせてほしいと言われていたし、パート終わりの私と待ち合わせして帰ることもあったから、携帯は必需品だった。しかし、ある時から光流の携帯のアドレスにいたずらメールが大量に届くようになった。それまで光流は「アドレスを教えてほしい」という友だちには気軽に教えていた。そのうちの誰かが、光流のアドレスをネットに上げたのだろう。光流が活躍し、新聞や雑誌に名前が載るようになっていたから、やっかみを受けたのだ。友だちだと思っていた誰かの仕打ちに、光流はひどく傷ついた。

それで光流は携帯を捨てた。取材で聞かれても「携帯は持たない主義」と言うようになった。幸田にアドバイスされたのだ。そういうことにしておけば、アドレスを聞かれたりすることもない。無駄に知人を増やすこともない。その後光流はスマートフォンを買ったのだが、表向きには持ってない、ということになっている。光流のアドレスはごく限られた、ほんとうに信頼している人間しか知らなかった。

この事件以降、光流はあまり他人に本音を言わなくなった。それまで無邪気に人と接していたのに、この頃から警戒心を持つようになった。有名になると、いろいろ気をつけなきゃいけないね、と私は言った。光流は黙ってうなずいていた。

十九歳で光流は初めてのオリンピックに出場した。その直前のグランプリ・ファイナルで優勝したので、光流が本命だと騒がれていた。本人も気合十分だった。ショート・プログラムでは世界最高得点をマークした。

あの子が子どもの頃から夢見ていた金メダルが、ついにあの子のものになる。

私はシャペロン席、つまり選手の付き添いが座る席に夫と並んで座って、その瞬間を待っていた。だが、好事魔多し《こうじまおお》と言う。それまで順調に来ていたのに、フリー・プログラムの試合直前の六分間練習で、光流がジャンプを跳んだ瞬間、なんとエッジが外れたのだ。

信じられない事故だった。光流は転倒し、膝《ひざ》を強く打った。

私は息が止まった。

晴れの大舞台で、なんということなのだろう。私はガタガタ震えていた。

しかし、コーチとトレーナーは冷静だった。オリンピックは通常の遠征と異なり、パーソナルトレーナーも選手団員に登録されるので、野坂《のさか》もリンクサイドにいた。野坂は光流の脚の状態を素早く調べ、痛みがひどくないかチェックした。ジャクソンはドライバーを取り出し、エッジのねじを止め直した。ふたりのプロフェッショナルの手際のよさは驚くばかりだった。

光流は第一滑走者だったから、時間はほとんどなかった。なんとか間に合わせて氷の上に光流が出たのは、六分間練習が終わって選手たちがリンクサイドに上がる頃だった。入れ替わりに光流が出ると、すぐに名前がコールされた。光流は二度、三度、大きく肩で呼吸しながらリンクの中央に出た。

そんな状況で、光流がちゃんと最後まで滑り切ったのは、まさに奇跡だと思う。いや、幼い頃からずっと積み上げてきた練習の成果は、こんな時でも崩れなかった、というべきか。

最初の四回転《クワド》サルコウはシングルになり、次の四回転トウループ三回転トウループは最初の四回転で転倒。コンビネーションにできなかった。観客席のみんなが「ああ」と溜息を吐いた。本命と言われた川瀬光流が、これでメダル争いから脱落した。そんな想いがあふれていた。

しかし、光流がほんとうの強さを発揮したのは、ここからだった。それから先のジャンプはすべてクリーンに着氷しただけでなく、後半に予定していた三回転サルコウを四回転に変え、最後の三回転アクセルにコンビネーションを二つつけてリカバリーしたのだ。ステップもスピンもすべてレベル4で揃えた。

その結果、一位の選手にわずか0・25差で二位という結果に落ち着いた。終わってみれば銀メダルを獲得していた。表彰式では光流の健闘が称《たた》えられ、金メダルを獲った選手よりも大きな歓声と拍手で迎えられた。「君が代」は流れなかったが、日の丸が左端にするすると上がるのを、私は誇らしい気持ちで見ていた。

金メダルは獲れなくても、光流の演技は誰よりもこころに響いたのだ。私は十分満足した。もうこれで光流が引退したってかまわない。やれるだけのことはやったのだから。

そう思っていたのは、私だけだった。

本人も幸田も日本スケート連盟も、何より日本中の光流のファンたちが「次こそは金メダルを」と願っていた。小さい頃、光流本人がひとりで願ったことが、いまや日本中の願いになった、と言っても過言ではなかった。

オリンピックはすごいと思う。それまでフィギュアのことをまったく知らなかった人たちも、一夜にして光流の虜《とりこ》になった。それまでも、フィギュア界では人気のある方だったが、その何倍もの人たちが光流に注目するようになったのだ。光流が出場する試合会場にはファンが押し寄せ、演技の後には花束が雨のように降り注ぐ。かつてテレビで観ていたフランスの選手よりも光流のファンは多かった。

それだけではない、取材や出版物の申し込み、アイスショーや講演、CMなどの出演の依頼や、スポンサーになりたいという申し出、バラエティやドラマ出演の依頼までが、いきなり押し寄せてきた。光流だけじゃなく、私にまで同様の依頼が来た。テレビや雑誌で光流のことを語ってほしい、というのだ。それだけでなく「光流くんのような素晴らしいお子さんを育てた秘訣《ひけつ》を本にしませんか？」という企画が五社から持ち込まれた。

息子は頑張ったけど、私はそんなたいした人間ではない。表舞台に立つ気はない、と言っても、相手は引き下がらない。「だったら、おとうさまでも」と、粘るのだ。手に負えないと思った私は、幸田に相談してマネジメント会社を紹介してもらった。だが、そういうところはスポンサーありきなので、出たくもないテレビのバラエティに出るように言われたし、体調が悪いのにイベントに出ることを強要されたりした。出演するアイスショーも自由に選べなかった。

それですぐにやめることにして、結局は幸田本人にマネジメント業務を依頼することにした。幸田が代表になり、後関が光流のマネージャーになった。幸田が光流に来る依頼すべてに目を通し、光流にとっていい方法を考えてくれた。マスコミ対応やスポンサー対策も一手に引き受けてくれるようになった。

それで私の負担はずいぶん軽くなった。幸田はスケート連盟の理事を辞めたが、日本だけでなく国際スケート連盟にも幅広い人脈を持っているので、とても心強かった。相変わらず観戦の付き添いは続けていたが、いろんな雑務は幸田や後関が引き受けてくれるので、私のやることはあまりなかった。ほとんどお客さまのような気分で観戦に付き添うことになった。

それからの四年は、光流にとって実り多い歳月だった。世界選手権を二度制し、グランプリ・ファイナルは三連覇を達成した。全日本では無敵だった。世界ランキングも一位に長く居続けていた。

だからといって、光流にとって決して楽な四年間だったわけではない。四年後のオリンピックのために、ジャクソンコーチとそのスタッフ、それに幸田は一丸となった。練習メニューを考えるだけでなく、選曲や振付、衣装、出場する試合に至るまで、「四年後に金メダルを獲れるかどうか」、その一点で考えられ、実行された。スタッフやスポンサー選びなど事務的なことは幸田が仕切った。マスコミ対応についても、幸田がシナリオを書いた。光流はただその流れに乗っていればよかった。私は幸田もジャクソンのことも全面的に信頼していたので不満はなかったが、光流自身はどうだったのだろう。

銀メダルを獲るまでは、光流は素直にジャクソンの言うことを聞いていた。アメリカでの練習方法に慣れるのに必死だったし、ジャクソンほどの有名コーチに教わることに喜びを感じていたのだ。だが、銀メダルを獲ったのは十九歳。自分の個性を主張したい、と光流は思い始めていた。いろんな局面でもっと自分を出そうとした。ことに何を滑るか、どういう衣装を着て、観客に何をアピールするかについても自分の意見を強く主張するようになった。しかし、多くの場合は却下された。

「それはいいアイデアだね。だけど、それでは金メダルは獲れない」

やんわりとジャクソンは否定する。ほかのコーチや幸田も同意した。金メダルのため、それを言われると、光流は反論できなかった。子どもの頃からの夢である金メダル。それは生半可な努力では獲れないことを、誰よりも本人が知っていた。金メダルを獲るのはひとりではできない。チーム川瀬全員のプロジェクトとして達成するものなのだ。自分よりもジャクソンの方が経験もあり、戦略にも長《た》けている。それがわかっていたから、光流は受け入れるしかなかった。

怪我も多かったが、光流をもっとも苦しめたのは、金メダルへの周りの期待だ。光流が活躍すればするほど「勝ってほしい」というみんなの願いが、いつの間にか「勝つのが当然」にすり替わっていく。オリンピックの前の一年間は、日を追うごとにその重圧が大きくなっていった。光流も食欲が落ち、顔色も悪くなっていった。

「俺は勝てる。俺は大丈夫だ」

そんなことを呟《つぶや》いて、鏡の前の自分に暗示を掛ける姿を何度も見た。そんな時は、触ると電流が流れるような緊張感が漂っていて、声を掛けることもできなかった。

光流を支えたい。その一心で傍にいたのに、肝心な時には何一つできなかった。

二度目の五輪当日も、シャペロン席にいた。前日は一睡もできず、日本から駆けつけてきた夫の腕にしがみつくようにして試合を観た。ドキドキが抑えられず、口から心臓が飛び出しそうだ。

一日目は落ち着いた完璧《かんぺき》な演技だった。

我が子とは思えないほどすごい。何度思ったかわからない感想を抱いた。

どうしてオリンピックの大舞台で、大観衆の前で、光流はあんなに落ち着いていられるんだろう。三百六十度視線を浴びて、私だったら一分とそこにいられない。それまでの試合とは違う異様な雰囲気に呑まれ、自滅する選手もいた。光流は会場の観客を味方につけた。翌日のフリーでも同様だった。前回のオリンピックの時のことを思い出し、六分間練習の時から私はドキドキしていたが、光流はいつも通り、ジャクソンと会話しながら微笑《ほほえ》みを浮かべる余裕さえあったのだ。

本番ではほぼノーミスの演技をした。最後の最後で三回転ルッツが二回転になった以外は、完璧な演技だった。終わった瞬間、ものすごい歓声が起こり、光流の演技を讃《たた》えた。会場の誰もが光流の優勝を確信していた。それでも、私は怖くて点数を観ることができなかった。目をつぶって手を合わせた。いい得点が出ますように、と祈っていた。腕は小刻みに震えていた。

どよめくような歓声と拍手で、光流が一位になったことを知った。その後に一人選手がいたが、緊張のあまりか四回転が決まらず、三回転アクセルもステップアウトした。光流の敵ではなかった。

優勝が決まった瞬間、ただただ涙があふれた。

ありがとうございます、ありがとうございます。

感謝の気持ちが胸いっぱいに広がった。

光流がこの大舞台で力を発揮できたことに。いままでの苦労や努力が報われたことに。

なにより、この素晴らしい息子を私に授けてくれた運命に。

私は何度も何度も天に感謝していた。


それからしばらくは夢のような日々が続いた。帰国してすぐに優勝パレードがあった。園遊会に呼んでいただき、勲章も授与された。スポーツ選手に贈られる賞という賞は総なめにしたし、有名無名あらゆる方から祝福のメッセージをいただいた。好きなスポーツ選手の人気投票では一位に選ばれたし、年末のNHK紅白歌合戦にもゲストとして呼んでいただいた。何より日本中が光流に恋をしたように、光流のあらゆることを褒めたたえた。光流の演技や試合の時の精神力だけでなく、容姿、プロポーション、さわやかな言動、インタビューのしっかりした受け答え、いちスポーツ選手を超えて光流は同世代の星となったのだ。

なんと晴れがましいことだろう。ここまで来るのはほんとうに長い道のりだった。夫と離れ、アメリカでの親子ふたりの孤独な日々。苦しかったこともつらかったことも多かった。だけど、光流に導かれて私はここまで来た。ほとんどの人が見たことない景色を、息子と一緒に見てきた。

こんなに幸せな母親がほかにいるだろうか。

これで私の役目は終わった。光流は勝負の重圧から解放され、自分の好きな道へと進んで行くだろう。プロスケーターになるもよし、大学に入り直すもよし。

そう思った時、突然、私はどうなるのだろう、と思った。

光流が生まれてから、光流のためだけに生きてきた。光流によかれ、と思うことだけをやってきた。そのために光流にふさわしい環境を整えたし、光流にふさわしくない人間は遠ざけるようにしてきた。夫をひとり日本に残して、光流のためだけに毎日を過ごしてきた。

もし、光流が引退したら、私と一緒に住む理由もなくなる。光流は前から「おかあさんをいつまでも僕のために縛りつけておくのは申し訳ない」と言っていた。引退したら、きっと私から独立したい、と言うだろう。

気がついたら、急に怖くなった。それで、光流に現役続行を勧めたのだ。

二十三歳で引退しても、きっと後悔する。昔と違って選手寿命は延びている。きちんとトレーニングを続ければ、まだまだトップ選手としてやれるはずだ。もう一度、金メダルを目指そう。そうすれば、あなたはスケート界の伝説になる。私の意見は幸田の意見でもあった。ほんとのところ、光流を説得する方法を相談し、幸田に言われたことを、そのまま伝えていただけなのだ。

光流が現役続行を決めた最大の理由は、ライバルの出現だった。五輪直後の世界選手権を光流は欠場した。かわってチャンピオンになったのはジェレミー・リュウ。しかも、光流の出した世界新記録を十点以上も上回る高得点で。

それが光流の勝負師魂に火を点《つ》けた。リュウに勝って、世界王者に返り咲くまでは現役続行する、と私に告げた。私は安堵《あんど》した。

それからがほんとうに苦しい日々の始まりだった。

長年酷使してきた光流の身体は私が思っていた以上にボロボロだった。特に右足は。一度捻挫して切れた靱帯は元には戻らない。ちょっとした刺激で悲鳴を上げ、たびたび捻挫を繰り返す。そうなると、満足のいく練習はなかなかできなかった。それが光流を何より苦しめた。

リュウは四回転五種類を跳ぶ。難しいルッツ・ジャンプやフリップ・ジャンプをやすやすと跳ぶだけでなく、その後に三回転トウループを跳んでコンビネーションにもできる。光流は単独のジャンプを跳ぶのがやっとだった。

自分だって、ちゃんと練習すればリュウと同じように跳ぶことができる。光流は主張し、いままで通りの練習をしたがったが、ジャクソンがそれを止めた。量ではなく質を上げろ、と。

頭ではわかっていても、これまで誰よりもストイックに練習し、自分を追い込んできた光流には、なかなか納得できなかった。ジャクソンが正しいことは、身体が証明した。ちょっとの無理でも、足はストライキを起こした。リュウと勝負するどころか、直前になって試合を欠場しなければならないことがたびたびあった。

満足な練習ができないことは、光流をいらだたせた。以前より激しい言葉のやり取りがジャクソンとの間で交わされるようになったし、幸田やマネージャーの後関にははっきり怒りをぶつけた。日本から頻繁にやってきたトレーナーの野坂も、そのとばっちりを食らうことになった。

私は見ていてはらはらした。光流はいままでの光流ではなかった。

みんなに言われたからと言って、素直に引き下がる子ではなくなっていた。ジャクソンは「それでいい。光流はいつまでも子どもではないのだから」と、鷹揚《おうよう》にかまえていたが、私には光流のわがままにしか見えなかった。いままでお世話になったジャクソンコーチや幸田に盾突くなんて、とても信じられなかった。

だから、つい光流に口うるさく言ってしまったのだ。

「あなたを取り巻くスタッフはみなプロフェッショナルよ。あなたが、金メダルを獲れたのだって、彼らのおかげじゃない。ちゃんとみなさんの言うことを聞かなければ」

すると、光流は言うのだ。

「それはわかっている。チーム川瀬のおかげで僕はここまで来られた。だけど、いつまでもチーム川瀬が続くわけじゃない。いずれ僕はひとりになる。その時に困らないように、僕はちゃんと自分を主張したいんだよ」

私はショックだった。光流は自分たちから離れたいのだ。ひとりになりたいのだ。ここまで尽くした私を置いて、どこかに行ってしまいたいのだ。

そうなった時、私はどうしたらいいのだろう。光流なしでは、私は生きていけないのに。

それ以来、私は光流に意見するのをやめた。そして、いままで以上に光流の言動を見張るようになった。光流が何を考えているのか、わからなくなっていたからだ。

オリンピックシーズンが近づくにつれ、光流とジャクソンの対立はますます激しくなった。ショート・プログラムの曲ひとつ決めるのにも、ひと悶着《もんちゃく》あった。ジャクソンたちが提案したのはショパンの『練習曲作品十第三番ホ長調』、日本では『別れの曲』として知られている。数々のスケーターが演じてきた名曲だ。光流はそれが気に入らなかったのだ。

「これは自分らしくない」

光流の言い分はそうだったが、ジャクソンの言い分は違った。

「そうだろうか。この曲の柔らかいメロディはきみのスケートに合っている。それにこの曲は日本では『別れの曲』という通称で知られているそうだね。まさに、最後の五輪シーズンにぴったりじゃないか」

ジャクソンの意見に幸田も賛成する。

「この曲は、流れるだけで観客を味方につけられる。切ないメロディはそれだけで感傷的な気分になるし、盛り上がる。まして王者・川瀬光流の最後のショートとなれば、誰だってぐっとくる。ファンはいままでのあなたの険しい道のりを思い浮かべて、演技を観ながら涙するに違いない。曲があなたを後押ししてくれるのよ」

「だから嫌なんだ。安易に泣かせる曲で僕は滑りたくない」

光流らしい意見だった。こういう曲では、守りに入ったように感じるのだろう。

しかし、スタッフはみんなこの曲に賛成した。

「きみの意見はわかるが、じゃあ、ほかにどんな曲がある？」

ジャクソンの問いかけに光流は答えられなかった。光流の音楽の趣味は偏っている。クラシックはほとんど聴かず、J-POPばかりだ。スケートを滑るのにふさわしい曲はそうそう出てこない。

「じゃあ、振付をせめて加藤美緒先生に頼みたい」

光流の妥協案もその場で却下された。

「申し訳ないが、私はその人を知らない。五輪シーズンにまったく知らない振付師と仕事するのはリスクが大きすぎる」

「振付師というのは絵画における額縁のようなもので、プログラムの精度を保証するもの。実績のある振付師はそれだけで信用されるのよ」

ジャクソンと幸田の言葉に、光流は反論できない。ふてくされたような顔で光流は言った。

「じゃあ、ショートはそれにするけど、エキシは僕の好きな曲でやるから」

さすがにそれについてはみんなも反対しなかった。それ以上反対して、光流を怒らせたくなかったのだろう。あとで私は光流に聞いた。

「加藤先生に頼みたいというのは、恩返しのつもりなの?」

加藤先生は光流の最初のコーチでいまは振付師をしている。光流の五輪シーズンのプログラムを担当すれば、加藤先生は振付師としても一躍有名になるだろう。それを意図して頼みたいと思ったのではないだろうか。

「それもないとは言わないけれど、何より加藤先生の振付が自分のやりたい方向性に合っているんだ。だから、頼みたいと思ったのさ」

光流のやりたい方向性ってなんだろう。

光流はどこへ行きたいのだろう。

私にはさっぱりわからなかった。

さらに私を不安に陥れたのは、加藤先生に振付を頼みに行く時、私の同行を拒んだことだ。私だけではない、幸田やジャクソンがついて来るのも嫌がった。

「加藤先生なら昔から知ってる相手だし、付き添いがなくても大丈夫。それに、自分ひとりで動ける時はそうしたい」

信じられなかった。日本では光流の顔は知られている。うかつに動けばファンに取り囲まれて大騒ぎになるだろうに。

「彼女でもできたんじゃないの？」

幸田に相談すると、茶化すように彼女は言った。

「振付に行くとか言いながら、実は彼女とでも会ってるんじゃない？」

それを言われて愕然《がくぜん》とした。

確かに、最近の光流は部屋にこもりがちだ。あまりリビングに寄りつかない。部屋の中からは時々笑い声が聞こえてくる。以前にはなかったことだ。

ほんとうに、光流に恋人ができたのだろうか。

引退したら彼女と一緒になる。そのための相談に行っているんじゃないだろうか。

相手はどんな子なんだろう。どうやって、光流に近づいたんだろう。

私は心配でたまらなかった。だから、ついあんなことをしてしまったのだ。

見なければよかった。

たった一回の過ち。だけど、取返しのつかないことをしてしまった。

ある晩、私は光流のスマホがリビングのテーブルに置きっぱなしになっていることに気がついた。いつもは持ち歩いているので、珍しいことだった。すぐに光流の部屋に届けようかと思ったのだけど、そこで魔が差したのだ。

光流は誰と連絡を取っているのだろう。これを見れば相手がわかる。

私は光流のスマホを手に取った。震える手でパスワードを押した。光流がパスワードに設定する数字はいつも同じ。その昔千葉で使っていた電話の下四桁《けた》だということを私は知っていた。スマホを開くと、ちょうどＬＩＮＥが届いたところだった。

平林《ひらばやし》亜子《あこ》　この前は楽しかった。今度はどこがいいかな。探しておくね。

私はかっとなった。やっぱり会っている子がいる。平林亜子と言ったら、柏木先生のところにいた女の子だ。女子ではいちばん上手かったけど、全日本に出られるかどうか、というレベルの子だ。あんな子とつきあっていたのか。

私がさらに会話を見ようとしてＬＩＮＥを開いた瞬間、光流の部屋のドアが開いた。私はあわててボタンを押してスマホの画面を閉じた。

「俺、その辺にスマホ忘れていない？」

「うん、あるよ。これ」

私は平静を装ったが、光流にスマホを渡す手は少し震えていた。光流は疑いもせずにそれを受け取り、部屋へと戻って行った。光流が部屋に入ると、私は力が抜けてソファに座った。

息子のスマホをのぞこうとするなんて、なんてあさましいことをしたんだろう。光流が来てくれてよかった。馬鹿なことをしないで済んだ。

そう思いながら、目にしてしまった「平林亜子」という名前が頭から離れない。この子といつ会っていたんだろう。会ってることを隠していたということは、私に知られたくない、ということなんだ。彼女との関係を、誰にも邪魔されたくない、ということなんだ。

私は苦しかった。苦しくて、つい幸田にそのことを話してしまった。

「光流に彼女？　まさかそんな」

「でも、ふたりで会っているのよ。今度会う時の相談もしてるみたい」

「五輪シーズンなのにね、最近の光流は何を考えているのやら」

幸田は「あきれた」というように肩を竦《すく》めた。

週刊誌に光流の熱愛報道が出たのはそれからひと月後のことだ。相手の名前は出なかったが、経歴や年齢が出たので、すぐに平林亜子のことだと特定されてしまった。たいへんな騒ぎになった。光流自身はアメリカにいたので無事だったが、彼女の方にはマスコミが殺到してひどい目に遭ったらしい。

光流はたいへん怒って、彼女のためにマスコミに釈明する、と言ったのだが、幸田はそれを止めた。

「そんなことしたら、火に油を注ぐだけよ。彼女は一般人だし、父親がきっぱり否定したから、いずれおさまるでしょ。しょせん女性週刊誌の書くことだもの。みんな信用しないわ」

私はふたりのやり取りを黙って見ているしかなかった。しかし、ふたりになった時に幸田に尋ねずにはいられなかった。

「まさか、あなたが週刊誌にこれを教えたんじゃないわよね」

幸田は不愉快そうに言った。

「私がそんなことをすると思って？　そんなつまらないことで光流を煩わせたくないし、いまはそれどころじゃない」

幸田の言うことはもっともだ。

それでも私の中に生まれた疑惑はなかなか消えなかった。

幸田だったら、光流の金メダルに邪魔になるものは潰《つぶ》してしまうのではないだろうか。そのためにはなんだってやるんじゃないだろうか。


光流の失踪を知った時、私が思ったのは、光流は彼女のところに行ったのではないか、ということだ。会って、直接謝りたかったのだろう。スマホを持たずに出たのはきっと、私がしたことを彼は知っている、という意思表示なのだ。

試合が終わった後は、取材やCM撮影など予定がぎっしり詰まっている。久々の日本、しかも五輪前だから、やるべき仕事もいろいろある。もし、光流が自由に動けるとしたら、この二日しかない。今日は公式練習と開会式、それに抽選会。明日は公式練習だけ。それをあきらめればなんとか動ける。逆に言えば、ぎりぎりこのタイミングでなければもう会うことはできない。光流はその二日を、彼女と会うというチャンスに賭けたのだ。

「体調はどう？　光流から何か連絡はあった？」

幸田が私の部屋を訪ねて来た。私はまだベッドに横になったままだ。私が返事をする前に幸田は言葉を続ける。

「いろいろあたってみたけど、全部空振りだった。ほんとにどこに雲隠れしたのやら。訪ねる友だちもそんなにいないのに」

幸田の言葉は私の胸にグサッと突き刺さる。

ろくに友だちがいない状況にしたのは我々だ。なじんでいた友だちやコーチから切り離し、アメリカに連れ去ったのは自分たちだ。アメリカでは切磋琢磨する戦友はいても、こころ許せる友はいなかった。リンクは常に光流の戦場だったから。

それは光流のせいだろうか？

友だちを作るチャンスを奪ったのも、自分たちではなかったのか？

「いくら全日本だからって、公式練習に出ないなんて、スケートを舐《な》めている。光流は勝負を投げたの？　私たちにも説明しないで出て行くって、頭がおかしくなったんじゃない？」

幸田はひどく怒っている。いままで聞いたことのないようなキツい言葉を投げてくる。こんな人だっただろうか。育ちがよくて、声を荒らげることは決してしない人だと思っていたのに。

「今回の試合はオリンピックの派遣選手を決める大事な大会。ほかの選手たちも死ぬ気で力をぶつけてくる。それを甘く見ていたら、光流だって選考から落とされる。まさか、それが嫌で逃げ出したわけじゃないでしょうね」

初めて私は、幸田と自分は違うのだ、ということに気がついた。いままでは、幸田は絶対正しいと信じていた。自分と同じ方向を向いているのだと思っていた。

そう、正しかったのだ、プロジェクトとしては。

光流に金メダルを獲らせる、そして彼を中心としたビジネスで売り上げを立てる。それはみごとに成功しているし、幸田だからこそやれたのだろう。

いや、プロジェクトだけ、と言ったら、幸田に悪いかもしれない。彼女は光流が無名の頃からほんとうによくやってくれた。欲得だけではできないことだ。

彼女にとっては、光流は夢。金メダリストを育てたいという彼女の願いを具現化した存在。だから、スケート抜きでの光流の存在には意味がないのだ。

光流が幸せかどうかなんて、関係ないのだ。

「これだけ周りに心配掛けて、ほんと光流は身勝手ね。ただの子どもだわ。みんながどれほど心配しているか、わかっているのかしら」

幸田の怒りはまだ続く。憎々し気に眉を上げ、目は吊《つ》り上がっている。そんな幸田を見ていたくなくて、私は寝返りを打って壁の方を向いた。

結局、この人は光流が自分の思い通りにならないことに怒っているのだ。金メダルスケーターを育てた自分、彼を思い通りにできる自分が好きなのだろう。

「ねえ、聞いてるの？」

幸田の怒りはヒートアップしている。もう何も聞きたくない。私は耳をふさいだ。

私は違う。私は母親だ。私は光流の無事だけを願っている。

ごめんなさい。

あなたのこころを傷つけたことを。

あなたの気持ちを大事にしてこなかったことを。

ベッドサイドに置かれた光流の写真が目に入った。初めて日本一になったノービスBの表彰式の写真だ。写真の中の光流は、屈託ない笑顔を浮かべている。これは私たち親子がもっとも幸せだった日の写真だ。

あれ以来、光流はこんなに無防備な笑顔を他人に見せたことがない。勝ち続けることで、光流はいろんな重荷を背負った。応援してくれる人や支えてくれる人を常に意識するようになった。自分のためだけに何かをする、ということが難しくなった。スケートを自由に滑ることもできなくなった。

いまこの瞬間、あの子はどこにいて、どんな顔をしているのだろう。彼女の前で、こんな笑顔を浮かべているのだろうか。

私は大きく息を吸った。

だったら、それでいい。私以外の誰かでも、あなたを笑顔にしてくれるなら、それでいいのだ。

私はベッドに横たわったまま、両手を合わせて祈った。

私のことが嫌いになったらそれでもいい。一緒に住みたくないなら住まなくてもいい。連絡をくれなくてもいい。

試合に出たくないならそれでもいい。スケートをやめたくなったらそれでもいい。マネジメント会社をやめてひとり身軽になりたいと思うなら、それでもかまわない。それで誰かに頭を下げなきゃいけないなら、私がいくらでも謝る。

私から離れて自由になりたいなら、そうしなさい。

だから、どうか無事でいて、元気にしていることだけは教えてちょうだい。

全世界を敵に回しても、私はあなたの味方。

あなたが幸せで笑っている。

それさえわかっていれば、私は幸せなのだから。

第五章　振付師

貸し切りのリンクは人が少なく、深夜なので気温も上がらない。シャッシャッと氷を削って進む音だけが響いている。滑っている子たちは身体《からだ》を動かしているから、寒さを感じないのだろうけど、リンクの端で彼らを見ながらぽつんと立っている自分は、足元から冷えている。

振付師という仕事柄、深夜にリンクに立つのは珍しくない。昼間の一般営業の間は人が多すぎて、とても振付に集中できないからだ。貸し切りは一般の営業時間が終わった後、深夜になることが多い。今は夜中の二時過ぎ。一時からぶっ通しでここにいる。

深夜の仕事に慣れているといっても、徹夜が続くとさすがにばてる。生徒の前ではみっともないと思うが、あくびが出るのを抑えられない。伸びをするふりをしながら、こっそり腕で口元を押さえ、あくびをする口元が見られないようにする。幸いリンクにいる子たちはこちらの方を見ていなかった。そのうちのひとりはサルコウがうまく決まらないと言って、何度も繰り返している。

幼い子どもでも、スケートに向いているかどうかわかるか、と聞かれることがある。長年子どもたちを見ていて、やっぱりセンスの良し悪《あ》しはあると思う。氷の上でバランスを取るセンスが生まれつき備わっている子はいる。そういう子はやっぱり上達も早い。それに、柔軟性や音感、踊ることが好きかどうかといったことが、フィギュアの向き不向きを決めるのだと思う。

ただ、いくらセンスがあっても、根気がなければ続かない。毎日リンクに通い、氷の上で何度も同じことを繰り返す。ジャンプやスピンのようにわかりやすい、上達がはっきり見えて達成感のあるものではなく、氷の上でひたすらトレースを描くコンパルソリーのような地味な練習は、多くの子どもたちが嫌がる。これがスケーティングの基礎になるし、コンパルが下手だとバッジテストの級も上がらないよ、と言われて、しぶしぶ続けるのだ。

結局根気があれば、たいていのエレメンツは習得できる。生まれつきセンスのある子はたやすく習得できるので、根気強く練習することが苦手な場合も多い。

だから、生まれつきのセンスがある子と、不器用だけど根気強い子と、どちらがスケートに向いているかと問われれば、どちらとも言えない、と答える。センスだけで上達する子は、ちょっとしたことで挫折《ざせつ》しやすい。むしろ根気強い子の方が長続きするのではないかと思う。

まれに、ほんとうにごくまれに、その両方が備わっている子はいる。いまは振付師としての仕事がメインになっているが、それより前、スケートのコーチとしての仕事を始めたばかりの頃《ころ》、私は川瀬光流《かわせひかる》に出会った。まだ五歳だった光流が初めて氷に乗った日、たまたま私も目撃していたのだ。

それはリンクが主催するスケート体験会でのことだった。リンクに所属するインストラクターも全員参加して、初心者の指導を行っていた。最初に氷の上に足を踏み出した瞬間、光流はすてんと転んだ。やれやれと思った。気の弱そうな子だったので、泣き出すか、と思ったのだ。しかし、光流は助け起こそうとする母親の手を振り払い、自分ひとりで立ち上がった。

おや、と思った。この子は意外と負けず嫌いだ。それにセンスもある。転んだ体勢から手助けなしに起き上がるのは、慣れていないと難しいのだ。そして、光流はほかの人が滑るのをしばらく見て、それから確信したように一歩を踏み出した。さらにもう一歩。ゆっくりだけど、今度は転ばなかった。

その後も、その子のことが気になって、ちらちらとそちらを見ていた。その子は何度も転んだ。転ぶたびに起き上がった。転ぶことを恐れない。それも、上達への近道だ。そして、その体験会の間に、光流はフォアつまり前方へ滑ることを習得してしまった。

私は光流の母親の傍《そば》に行き、勧めた。

「光流くん、センスいいですね。スケート教室に入りませんか？」

そうして、リンクのスケート教室の説明をした。有望な子どもはスカウトするように、というのはリンク側に言われていることだ。体験会の目的もそこにある。光流の母親はあまり社交的ではなく、勧められても煮え切らない返事をした。おそらく夫の許可がないと何事も決められないタイプなのだろう、と思った。

後から考えると、世界的なスケーターである川瀬光流を最初にスケートに勧誘したのは私、加藤美緒《かとうみお》だということになる。そして、彼の最初のコーチにもなった。教え子が有名になると、コーチの格も上がる。光流の経歴に私の名前は一生ついて回るのだから、名誉なことである。

だが、当時はそんなことなどさっぱり考えていなかった。スケートが盛んとは言えない千葉の郊外のリンクに、後に天才と呼ばれるスケーターが交じっているなんて、思いもしなかった。それどころか、全日本選手権に出られるような選手が自分の教え子から現れることすら、期待していなかった。同じリンクのインストラクターの中でも、私はいちばん若く、キャリアもない。選手を目指すような子の親は、私よりももっとキャリアのあるインストラクターを選んでいた。

だから、私は生徒たちにスケートの楽しさを教えることにした。ピアノの先生だって、プロのピアニストを目指すような子を指導する人もいれば、バイエル程度で終わる子どもを教える人もいる。親だって、自分の子どもがピアニストになんかならなくてもいい。多少弾けるようになって、学校の音楽の時間が楽しくなればいい、くらいに思っている人も多いだろう。むしろそちらの方が多数派なのではないか？

　スケートだって同じことだ。選手にはなれなくても、趣味でスケートを続ける子どもを育てよう。スケートが好き。練習に来るのが待ち遠しい、そういう生徒を教える先生になろう、と思ったのだ。だから、明るく楽しいレッスンを私は目指した。とにかく生徒を褒める、楽しませる。絶対に怒らない。コーチもサービス業だから、お客さんを楽しませてなんぼ、だと私は思う。

　だが、楽しいだけでは生徒は居つかない、とすぐにわかるようになった。生徒には好かれても、ある程度進歩がないと親の方に嫌がられる。ピアノのレッスンより月謝が高いので、それなりの成果を上げないと親は納得しない。このコーチはダメだと思ったら、見限られるのも早いのだ。なので、遊びながらエレメンツを覚える、という工夫をすることにした。鬼ごっこをしながらスピードの出るエッジの使い方を教えたり、ジャンプ大会で習得を競わせたり、ものまねごっこでちょっとした腕や足の使い方で印象が変わることをわからせたりした。

「川瀬光流くんは、子ども時代からさぞ素晴らしかったのでしょうね」と、聞かれることがある。だが、正直それほどキャリアがなかったので、光流が突出した子どもだとは、当時は思わなかった。集中する時とそうでない時のムラが激しく、普段はしょっちゅう周りの子とはしゃぎまわっていた。その頃の光流のことで覚えているのは、ものまねがうまかった、ということだ。周りの友人だけじゃなく、テレビで観《み》たトップ選手の動作の一部を大げさに真似《まね》て、みんなを笑わせていた。私もよく真似された。こちらが真剣に説明しているのに、子どもたちはにやにや笑っている。ぱっと後ろを振り向くと光流がいて、私とそっくりのポーズをしている。「こらーっ、光流」と、私が怒ったふりをして、光流を追いかけまわす、というところまでがその頃のお約束だった。

いま考えてみると、それだけ光流は目がよかったのだ。ちょっとした人の動作の癖を見つける、それを覚えて自分の身体で再現する。それは振りを習う時には欠かせないものだ。光流は小さい頃から振付を覚えるのが早かった。それは、そういうセンスが生まれつき備わっていたからだろう。

加えて、ものまねで人を楽しませようとするサービス精神。それもフィギュアスケートには欠かせないものだ。技術があっても、こちらの胸に響かない演技もある。それは、観客とコミュニケートしようとする気持ちが選手にないからだ、と私は思う。自分の演技で楽しませたい、美しいと思わせたい。そういう意識がある選手とない選手とでは、観客にアピールする力が違ってくる。ジャッジも観客のうちだから、演技構成点にもその差は出てくるだろう。光流の演技を観ると感動するという人が多いのは、それだけ光流が観客とコミュニケートする力が強いからなのだ。

光流は遊びながらも集中力があった。何か目的があると、一心にそれを続ける。たとえば、バッジテストまでにこのエレメンツを習得しなければならない、とか、スピンを一番回数多く回れた人に景品をあげる、となると、ずっとそれを練習していた（そして、必ず景品を獲得した）。試合の前にも別人のように真剣に練習した。それなのに、これといった目的がない時には、ただふざけてばかりいる。それはほかの子を巻き込み、しばしば練習の邪魔になった。それで私は言ったのだ。

「毎回練習が始まる前に、今日は何の練習をするということを決めて、それをメモにするといいよ。そして、終わった後、どれくらい達成できたかを書くといい」

言葉にすることの大事さというのは、実は私もコーチをするようになってから実感したことだ。たとえば鬼ごっこをしていると、こちらは指導の一環のつもりでも、父母にはただ遊んでいるようにしか見えない。「あの先生は遊ぶばっかりで、ちゃんと指導してくれない」と言って離れていった親もいる。それで毎月一回、指導の内容や目的を書いた紙を教え子の親に配ることにしたのだ。遊びのように見えても、それをさせる意図がある、と言葉で伝えたかった。それをやった結果、親の理解が深まった。と、同時に自分自身の考えが整理された。そして、一回一回の指導日に何をやるか、その目的は何か、ということを真剣に考えるようになったのだ。

「それやると、うまくなるの？」

光流は無邪気に尋ねた。

「もちろんだよ。何も考えずただ練習するより、毎回これをやる、と決めて実行すれば、あとで大きな差がついてくるよ」

「ふうん、じゃあ、僕やってみる」

そうして、光流は練習日記をつけ始めた。最初は簡単なもので、「今日はダブルトウループの練習をする」その後「二回だけせいこう」という二行くらいのものだった。だが、だんだん長くなっていったらしい。

光流の優れたところは、いいと思ったことを取り入れ、継続する力だ。同じことをほかの子にも勧めたが、ずっと続いたのは光流だけだった。それはいまでも続いているらしい。トップ選手になって光流のことがテレビで紹介された時、光流の秘密兵器として練習ノートが紹介された。ノートの文面は具体的で詳細なものだったが、これは小学校二年の時にコーチに勧められて始めたものだ、というアナウンスが流れた。「それ、私」と思わずテレビに向かって叫んだ。感動してちょっとうるっとなった。自分の教えたことが彼の中に生きているというのは嬉《うれ》しい。その教え子がここまで成長したのも嬉しい。自分がやってきたことを肯定されたという気がした。

千葉のリンクでの仕事は楽しかったし、光流のように先行きが楽しみな選手もいたから、ずっとその状況が続いて行くことを私は望んでいた。しかし、前々からささやかれていたことだが、光流が小学校二年になった頃、リンクが閉鎖されることが発表された。千葉にはほかにリンクもなかったので、生徒を連れて移るということも難しかった。クラブ・チームは解散し、選手たちはばらばらになった。光流は東京の柏木《かしわぎ》コーチのところに移った。私は就活を始めたが、リンク減少の昨今、新規インストラクターの募集は皆無に等しかった。あっても、京都とか大阪とか土地勘のない場所だったし、つきあっていたいまの夫と結婚が決まっていたので、首都圏から離れたくなかった。それで、短いインストラクター生活もいったん終わりを告げることになった。

その後、結婚。夫の通勤に便利な横浜の方に引っ越した。それを知った選手時代の先輩の白石里香《しらいしりか》が「暇なら、ちょっと手伝ってくれない？」と連絡してきた。彼女は神奈川のリンクでインストラクターをしていた。それでスケート靴を持ってリンクに行ってみると、ひとりの選手を紹介された。高校生の男の子で、踊りが好きな子だという。

「あなた、アイスダンスの選手だったでしょ？　だったら、振付もできるんじゃない？」

彼女はかつてシングルの選手だったが、振付はあまり得意ではない。そういうセンスは自分には欠けているのだという。だが、教え子が小さかったり、専門の振付師に頼むほどのレベルでなかったりする場合は、コーチ自身が振付をする。それが苦痛だ、というのだ。だから自分のアシスタント・コーチになって、自分の生徒たちに振付をしてほしい、という。白石先輩はコーチとしてなかなか優秀で、有望な生徒も多く抱えていた。紹介された男の子、滝口慎之介《たきぐちしんのすけ》は有望な選手だが、家はふつうのサラリーマンで、専門の振付師に頼むほどのお金は払えないらしい。

「でも、私、振付は自分の生徒しかやったことないよ」

「それでもいいよ。とにかくやってみてよ。昔からあなた、振付師になりたいって言ってたじゃない」

そんなことを口にしていたことさえ、自分では忘れていた。でも、どこかでずっとそう思っていたのは事実だった。

「この子、ほんとにセンスがいいのよ。踊り心がある。振付次第でもっと得点が伸びると思う。だから、振付してあげてくれない？」

これが頼まれて振付した最初の作品になった。私にとっては慎之介との出会いが、光流との出会い以上に大きな転機となるのだ。

二つ返事で白石先輩の依頼を引き受けると、慎之介に「何か滑ってみて」と頼んだ。慎之介は自分がいちばん好きだという『ライオン・キング』を滑ってみせてくれた。なるほど、確かに踊りが好きな子だな、とわかった。リズム感がいいし、思春期の男の子なら恥ずかしがるような決めポーズ、ライオンの真似のような姿も、むしろ嬉々《きき》として演じていた。

とりあえずはショート・プログラムを作ってみようということになった。曲は、慎之介の方から『リバー・ダンス』がいい、とリクエストされた。この曲はフィギュアでは定番のひとつで、演じた選手は多い。慎之介も憧れの選手がこの曲で滑っているのを見て、自分もいつかやってみたいと思っていたそうだ。入れたいジャンプの種類を聞き、実際に少し滑ってもらってどんなポーズが得意か、逆にどういうものが苦手かを確認する。ちょっと肩甲骨が硬いので、柔軟性を生かしたポーズやスピンのいくつかは難しい。でも、両足の爪先を開いて横に滑るイーグルは得意なので、それは必ず入れてほしい、と言う。ほかに希望がないかを尋ねると、慎之介は嬉しそうに言った。

「俺《おれ》、目立つのが好きなんです。できるだけ派手なプログラムにしてください」

「派手なプログラム？」

「こう、印象に残る決めポーズがあるとか。衣装も目立つやつがいいし」

それを聞いてがぜんやる気になった。私自身もそういうプログラムが好きだ。上品で無難な演目より、ちょっと変わっているとか、印象に残るようなポーズがある演目の方が作りがいがある。慎之介はそれを演じるのにぴったりな選手だった。

時間はあったし、いろんなアイデアを考えて慎之介に提示した。慎之介はノリがいいので、「だったら、こういうの、どう？」と、さらにアイデアを重ねてくる。そのようにして作り上げたプログラムの評判は上々だった。衣装も私がアイデアを出し、慎之介のおかあさまに縫ってもらった。川の妖精をイメージした全身緑色の衣装で、短いストールのような布を腰に巻き、手首にも緑色のバンドをつけた。靴も緑色の布を被《かぶ》せた。一見色ものみたいな衣装で、ふつうの男子なら嫌がるところだが、慎之介はノリノリだった。試合本番でもいきいきと演じて、パーソナルベストを更新した。それが、私の振付師デビューの作品となった。

白石先輩のアシスタント・コーチをしながら、私は振付師としても活動を始めた。慎之介は強化選手に選ばれるか選ばれないか、というレベルの選手で、全日本選手権にも出場した。毎回いかに印象的な演目にするか、慎之介とふたりで知恵を絞った。記録よりも記憶に残る演技を目指したのだ。サービス精神あふれる慎之介の演技は、多くの観客に愛された。トップ争いに参加する実力はなかったが、熱狂的なファンがついた。そして、その個性的な振付を担当した私の名前が、多くの関係者に知られることになったのだ。

そこから振付の仕事がぽつぽつと舞い込むようになった。選手からは「滝口さんみたいなプログラムを」と、リクエストされた。慎之介の演技が、振付師としての私の名刺代わりになったのだ。

一方で光流が有名になるにつれ、そちらでも注目されるようになった。光流を最初に指導したコーチ、というわけだ。光流は実績を上げ、どんどん人気者になっていったから、マスコミは光流に関するネタならなんでも欲しがっていた。最初は面白がって取材を受けていたが、だんだん面倒になっていった。光流くんと同じコーチに指導を受けたい、と入門希望者が一気に増えたし、光流くんの話を聞かせてほしいというだけの目的でリンクを訪ねて来る人もいた。入門希望者は私を名指ししてくるが、私はアシスタント・コーチだし、白石先輩よりコーチとして名前が出るのは嫌だった。初めて会った相手に、光流の思い出話をするほど暇でもなかった。

それに、自分の本業は振付師だと思っている。慎之介の振付をした人、と言われるのはとても嬉しい。私の仕事が認められたからだ。しかし、コーチとして私が光流にやったことは多くはない。私よりも注目されるべきは、現在のジャクソンコーチか、ノービスからジュニアにかけて光流を育てた柏木コーチの方だろう。だが、ジャクソンコーチはアメリカにいるし、柏木コーチは光流の件では一切取材を受けないことにしていたから、ネタに困ったマスコミが自分のところまで押し寄せるのだ。私もだんだん光流についての取材を断るようになっていった。

「私は振付師なので、光流の振付をすることがあったら、取材もお受けします」

そう言うと、相手も引き下がった。

だけど、そんな日は来るのだろうか。光流の練習するリンクには、世界的に著名な振付師も所属していたから、光流のプログラムも彼らが担当した。彼らは点数を上げるための振付を心得ていたし、日頃の光流の練習を観ているから、どういうポーズが光流は得意で、どうしたら美しく見えるかも熟知している。日本の片隅で細々仕事している振付師に出番はなかった。

自分ができるとしたら、日本でやるアイスショーくらいだろうな。

それさえも、いつになるかわからない。そもそも光流と話すチャンスすらないのだから。

夜の三時を回った。

「そこのところ、手をもう少し振り上げた方がいいんじゃない？」

私は目の前の生徒に注意した。

「えーっ、先生やってみてくださいよ」

生徒に言われて、私はリンクの隅で見本を示す。

「ダー、ダー、ダーでこう上に持っていって、次の拍子でストンと下げる。そうした方がメリハリつくでしょ」

「わかりました。やってみます」

生徒は素直に振りを真似する。

「音、出してもらえますか?」

そう言われて、スマホの音源を再生する。


久しぶりに光流と話ができたのは、二年前のグランプリ・ファイナル。シニアの方で光流も選ばれていたが、同日に開催されるジュニアのファイナルの方に白石先輩の秘蔵《ひぞ》っ子《こ》の島村翔太《しまむらしょうた》が出場することになったのだ。だが、急におかあさまが倒れて入院されたので、先輩は帯同ができなくなった。それで急遽《きゅうきょ》私にお鉢が回ってきたのである。

グランプリ・ファイナルはとても楽しかった。開催地は北欧。広場を中心に古い石造りの建物が建ち並び、教会や銅像が至るところにある、昔ながらのヨーロッパの街だ。クリスマス・シーズンだったので、街中のそこここに電飾やツリーが飾られ、クリスマスソングが響いていた。雪がちらついているのもロマンチックだった。

翔太の成績はなんと第一位。ライバルの長峰悠斗《ながみねゆうと》は二位と大健闘だった。シニア勢も光流が二位、女子も最上位が三位、と、好成績だった。チームジャパンはみんなご機嫌だった。その時のバンケットは主催者側が気を利かせてくれて、古い美術館を会場にしてくれた。会場に向かうバスに乗ると、奥の方、通路を隔てた隣に光流がいた。

「ご無沙汰しています」

と、光流の方から話し掛けてきた。光流はスーツをすっきり着こなし、テレビで観るより穏やかな顔をしていた。

「久しぶりね。ほんと、素晴らしい活躍、私も嬉しいわ。それに、すごい人気ね」

会場に向かうバスを、多くのファンが取り囲んでいた。マスコミもいて、テレビカメラもこちらを向いていた。バスに向かう時、ファンやマスコミから守るため、翔太や悠斗や関係者たちが光流の周りをガードしてバスに乗り込んだくらいだ。

「これも、最初に先生がいろいろ教えてくださったおかげです。ありがとうございます」

「あらまあ、おとなになったたね。そんなお上手が言えるようになったなんて」

つい、ざっくばらんな口調になってしまう。気取《きど》った受け答えは苦手だ。私の中で光流は、いたずらばっかりしていた小さな男の子のままだった。

「いえ、ほんとです。僕、調子が悪い時は、よく昔のことを思い出すんです。先生のクラスでスピン大会した時のこととか。滑ることがただ楽しかった。自分の原点はそこにあるんだ、と思っています」

「世界の川瀬光流にそんなこと言ってもらえるなんて、光栄だわ。コーチ冥利《みょうり》に尽きる。といっても、いまはコーチよりも振付が本業だけど」

「知っています。初めて滝口慎之介くんの演技を観た時、すぐに先生の振付だってわかりました。いまはいろんな選手の振付をやっていらっしゃいますね。僕にもお願いできませんか？」

「そりゃ、喜んで。だけど、ジャクソンコーチが許してくれるかな？」

「エキシビションと言えば、ダメとは言わないと思います」

勝負のかかった試合用の演目は難しくても、エキシビションやショー用のナンバーなら、自由度は高い。私の思っていた通りだ。

「ありがとう。その気持ちが嬉しいよ」

「今度、きちんと相談させてください」

「うん、いつでもいいよ。電話ちょうだい」

そう言って現在の連絡先を交換したものの、実現するのはずっと先だろう、と思った。光流にはスポンサーもたくさんついているし、CM出演も多い。そういう時にエキシビのナンバーが使われることもあるから、いろいろと面倒なのだ。

そういう面倒は、私はごめんだ。光流が引退して、好きな時に好きなものを滑ることができるようになったら、振付をしたい。

「先生、すごい人だったんですね」

バスがバンケの会場に着いた。裏手の庭に歩いて向かいながら、小声で翔太が話し掛けてきた。

「どうして?」

「だって、あの川瀬光流に挨拶《あいさつ》されて、振付の依頼までされていたじゃないですか。いまあるのは先生のおかげなんて言われてたし。すげー、俺が光流さんにそんなこと言われたら、嬉しくて泣いちゃう」

私は苦笑するしかなかった。バスの中で翔太は仲良しの悠斗とふたり、光流の前の席に座っていたが、ひと言もしゃべっていなかった。私と光流の会話を、ふたりとも耳をダンボにして聞き入っていたのだろう。

「俺、先生のこと、見直しました」

「やっとわかったか、先生の素晴らしさが。これからは先生の言うことを、ちゃんと聞くんだぞ」

そう言って、私は翔太の頭をげんこで叩くふりをした。翔太は笑いながら私の傍から走り去って行った。

スケートをやる人間であれば誰でも、光流の演技がどれほど高度なものか知っている。光流の成し遂げてきたことの難しさも。だから、彼ら後輩にとっては目標というのもおこがましい、それを超えた、神のような存在であるのだろう。

だが、私にとって光流は、翔太同様可愛《かわい》い教え子だった。さぼったり、いたずらした時には叱《しか》りとばしてきた。褒めるとすぐに調子に乗るおっちょこちょいなところもあった。スケートがちょっとうまい、ふつうの子どもだった。いまはもうご立派になられたけど、私は昔通りの態度でいようと思う。光流だって、そんなに崇《あが》められてばかりじゃ、きっと疲れるだろう。

庭の奥へと進んで行くと、大理石で作られた等身大の半裸の美女の像があった。するとと、光流がその像の台座に上がり、美女の肩に手を回し、恋人同士のようなポーズを取った。すると、ほかの選手たちがひゅうひゅうと囃《はや》し立てながら、スマホを出して写真を撮る。

「写真はネットに上げるなよ。いろいろとうるさいから」

光流が英語で言うと、

「わかってるって。光流のファンはクレイジーだからな」

と、写真を撮っていたカナダのアイスダンスの選手が返事する。その後は撮影会になり、ほかの選手が台座に上がったり、選手同士で写真を撮ったりした。

「まったく、子どもみたいだね」

撮影会から解放された光流に、私は笑いながら話し掛けた。光流も笑って返事をする。

「あー楽しい。こういうの何年ぶりだろう。ふつうに観光客やれたの、僕、ほんとに久しぶりなんです」

その言葉を聞いて、私は胸を衝《つ》かれた。どこに行ってもファンに取り囲まれる光流は、試合先でも一歩もホテルを出ない。いや、出られないのだ。海外だろうとどこだろうと、光流のファンはどこにでもいる。熱狂的なファンは、光流のスケジュールを把握しており、滞在しているホテルの前でずっと待機しているのだ。それも一人二人ではなく、何十人という規模になることもある。光流はホテルや関係者に迷惑が掛かることを恐れ、試合会場以外は出歩くことはない。このバンケットの場所だって、関係者以外にはシークレットだったのに、十数人のファンが会場前にたむろしていた。いったいどこから情報を仕入れたのだろう。

試合期間中といえど暇な時間はある。選手や関係者はせっかく海外に来たのだから、と暇をみつけて観光したり、ショッピングに行ったり、気の合う人と食事に行ったりしているが、光流にそれは許されない。試合会場とホテルの往復だけなのだ。日本でもそれは同じだ。光流の自宅の住所もファンには知られており、光流がアメリカから帰国すると、ファンが家の前で見張っていると聞く。日本では光流の顔は芸能人並みに知られているから、外出するとすぐにSNSに投稿された。日本では観光もショッピングを楽しむことも難しい。旅行はもちろんコンサートや観劇、映画でさえも行くのを控えている、という噂《うわさ》だ。

人の高みに登る者は孤独の罰を受ける。

そんな古い格言があったが、光流はまさにそうなのだろう。練習に忙しく、ふだんから人と食事に行ったり、飲みに行くこともまったくない。親しい友人はほとんどいない、そんなことまでマスコミは書き立てていた。

二十七歳の若者があたりまえにできることができない、孤独な王者。ファンの人気という籠《かご》にとらわれて、自由に出歩くことも許されないうつくしい鳥。

それなのに、なぜ川瀬光流が私の目の前にいるのだろう。

「和馬《かずま》、いまの見せてくれる？」

氷上にいる光流がリンクサイドにしゅっと音を立てて近づき、スマホをかまえていた伏見《ふしみ》和馬に声を掛けた。リンクの電気は節約のためか、半分くらいしかライトが点いてないので、ちょっと薄暗い。リンクの壁には、私が聞いたことのない企業の看板が掛かっている。おそらく福島の地元企業なのだろう。

「すごくよくなった。これでいけるんじゃない？」

和馬が光流にスマホを見せながら言う。光流は目を凝らして、じっと映像を観る。そして満足したように顔を上げた。

「うん、まあこれで完成かな。先生、どう思います？」

ポータブル・スピーカーを持ってぼーっと立っていた私は、急に意見を求められて、どぎまぎした。

「いいんじゃない？　すごくハマったと思うよ。カッコいいよ」

今日は全日本選手権当日。いまは朝の四時だから、本当なら光流はベッドの中にいなければならない。なのに光流は、会場から遠く離れたこの福島のスケートリンクにいる。夜中の一時からぶっ続けで振付の改変をしているのだ。一昨日から三日連続なのでさすがに私も疲れが出ているが、若いふたりはなんでもないようにけろっとしている。

「じゃあ、ラスト一回、ざっと通しでやってみます。音楽お願いします」

光流がリンクの中央に戻り、最初のポーズを取った。私はスマホの画面に手を触れて、音源をスタートさせる。

太鼓の音が流れ始める。それに導かれるように、光流は力強く動き出した。音楽はアニメ『AKIRA』のテーマソングだ。芸能山城組の太鼓と声がメロディラインを形作る。光流は絶妙な足さばきで、その音のひとつひとつに重なるようにステップを刻む。

今年の春、光流から連絡が来て、『AKIRA』を使ってエキシビションのプログラムを作ってほしい、と頼まれた。その要望にちょっと驚いた。アニメ音楽も、芸能山城組の奏でる骨太な太鼓の音も、光流のイメージとはちょっと違う。和もの路線ということでは『さくらさくら変奏曲』と同じだが、あれにはメロディラインがはっきりあったし、アメリカの一流振付師が振付を担当していた。だから、外国人ウケもいいものになっていた。

「ほんとにこれでいいの？　たとえエキシビションだとしても、もうちょっとクラシックな音楽の方が、光流らしくてファンが喜ぶんじゃない？」

光流は王子さまキャラだ。そういう方がファンにもウケるだろう。

「これでいいんです。僕、アニメもゲームも好きだし、この曲は僕の気分にぴったり合う。このうえもなく僕らしいんです」

「そうかなあ。アニソンでいいのかなあ」

「アニソンでもなんでも、いい曲だと思いませんか？」

正直これが慎之介だったら、一も二もなく賛成したと思う。曲として面白いし、振付のしがいがある。それにケレン味のある曲の方が、むしろ彼らしい。観客も盛り上がるだろう。

だけど、五輪王者に同じことが許されるだろうか。

「まあ、そうだけどね。ほかのスタッフはいいと言ってるの？　そもそも私が振付してほんとうに大丈夫？」

「滑るのは僕ですから。僕がいいと言えば、それでいいんです」

きっぱり言い切った光流の口調に、光流の自信を感じた。

光流はコーチやスタッフが何を言おうが、自分の主張を通すつもりなのだろう。いや、もしかしたら五輪王者で絶対的な人気を誇る光流に対しては、みんなまともにものが言えないのかもしれない。

ふと、グランプリ・ファイナルで会ったジャクソンコーチのことを思い出す。コーチは光流に対してすごく気を遣っているように見えた。光流の方も礼儀正しく受け答えしていたが、それが逆にふたりの距離を感じさせた。育ちがよく、身だしなみにも一分の隙《すき》もないジャクソンと、着るものにはおかまいなし、寝ぐせがついていても平気な光流とでは全然タイプが違う。氷上では名コンビと言われるけど、スケートという共通項がなければ、このふたりにはおよそ接点がないのだろうな、と思ったのだ。

結局振付を引き受けることになり、私はシーズンオフで帰国している光流に、福島のリンクに呼び出された。ここで貸し切りが取れるからエキシビションの振付をしてほしい、と。そこに行ってみて驚いたことには、光流がひとりだったのだ。コーチもスタッフも帯同していなかった。

「コーチにはリモートでチェックしてもらいますから、大丈夫です」

光流はそう言った。そして、コーチの代わりにそこにいたのが、伏見和馬だった。そのことにも驚いた。私が和馬のことを知っているのは、慎之介と二歳違いで、よくいろんな試合で一緒になったからだ。成績も拮抗《きっこう》していたと思う。和馬は二十三歳まで学生スケーターとして頑張っていたが、卒業後も働きながら全日本を目指していた。その彼の就職先が、福島のリンクを運営する会社だったのだ。そして、和馬は川瀬とはかつては同門で、ふたりは同じ時期に柏木コーチの教え子だった。それを思い出して、ようやく光流と和馬が一緒にいることに納得できた。

完成した演目を、光流はアイスショーでお披露目《ひろめ》した。ショーでは光流の新しい魅力にあふれていると好評だった。私も招待されて観に行ったが、光流がとても楽しそうに滑っているのが印象的だった。「すごく好きな演目」と、インタビューでも語っていたのを知って嬉しかった。

今シーズンのショート・プログラムは『別れの曲』。スケートではよく使用される曲で、いつも組んでいる有名振付師の手によるものだ。シーズン前半はそれで滑り、つい二週間前に開催されたグランプリ・ファイナルでも、光流はそれで滑った。だが、傍目《はため》に見ても滑りにくそうだった。あまり振付が合ってないのかもしれない、とテレビで試合を観ながら、私も思っていた。


ところが一週間前、『AKIRA』のテーマソングをショート・プログラムに使いたいから修正を手伝ってほしい、とアメリカにいる光流から連絡が来た。そうして日時と場所を指定されたのだ。

無謀だ、と私は思った。コーチにも内緒で、勝手にショートの演目を変えるなんて、やっちゃいけないことだと思う。

同時に「面白い」と思った。五輪王者になったいまでも、光流は守りに入らない。ぎりぎりまで新しい自分の可能性を探っている。怪我やライバルの活躍から五輪の金メダルは黄信号と言われても、まだ勝ちを光流は目指している。

それに、私自身『AKIRA』がどんなふうに光流は日本以外の観客に受け入れられるか、すごく知りたかった。五輪の大舞台でどう評価されるか知りたかった。だから、光流の提案に乗ったのだ。

エキシビションのプログラムでは三回転《トリプル》サルコウ、三回転アクセル、三回転トウループ二回転《ダブル》トウループのコンビネーションで構成していた。もともとジャンプはこの三つにしてくれ、と光流に言われていたのだ。それを試合用に、四回転《クワド》ループ、三回転アクセル、四回転サルコウ三回転トウループに変えたのだ。回転数が増えるだけでも軌道が変わってくるし、タイミングも秒数もずれる。それを調整して、さらにステップやスピンで高得点が獲れるように構成を変えた。アメリカにいる間に光流自身で考えていたことを、実際にリンクで試して私が意見を言う。アイスショーで何度も滑ったので、光流はこの演目になじんでいた。そうでなければ、たった三日の準備期間ではとても間に合わなかっただろう。

幸い私には、ぴったりついて指導しなければならない生徒はいまはいない。白石先輩のアシスタントとして、先輩が留守の間、生徒の指導をしたりもするが、振付がメインなので、逆にオン・シーズンのいまは時間が取りやすい。

和馬のコネがあるから、光流は貸し切りを押さえることができた。そして、一昨日から今日まで、全日本のあるこの時期に三日連続で振付の改変ができたのも、そのおかげだ。おそらく光流は最初からこれをもくろんでいたのだろう。

「しかしなあ、おまえもいきなりだな。せめてもう二、三日早く帰国してたら、公式練習にも全部間に合っただろうに」

「いや、それだといろいろマスコミにも騒がれるだろ？　公式練習の会場では秘密練習なんてできっこないし。それに、俺、今回のことはぎりぎりまで伏せておきたかったし」

和馬と光流はそんな会話をしている。

「いまのよかったわ。このままでいけば、全日本でも三位以内は確実ね」

私は光流にそう言って微笑みかけた。光流の後輩たちも力をつけてきた。世界選手権で台乗りするような若手も出てきた。さすがの光流でも、急にショートプログラムの演目を変えたのだから、簡単に勝てるものではない、と私は思う。

「いえ、参加するからには一位を目指します。僕には表彰台の真ん中がいちばんしっくりくる場所ですから。だからこそのプログラム変更なんです。この曲なら、絶対いい演技ができると思っているんで」

「光流らしいね」

「先生、いろいろありがとうございました。また、何かあったら相談させていただいてもいいですか？」

「もちろんだよ。光流はいつまで経《た》っても、私の教え子なんだから。きっと柏木コーチも同じこと、思っていると思うよ」

そう言うと、光流の顔がぐっとしまった。あふれそうになった感情を、なんとか堪《こら》えた、というように見えた。柏木コーチの名前を出したことが、きっと胸に響いたのだろう。

柏木コーチからジャクソンコーチへの移籍はいろいろと揉《も》めた、と聞いている。間に入った連盟の幸田《こうだ》さんは辣腕《らつわん》で秘密主義だ。柏木コーチには内緒で移籍を決めたというもっぱらの噂だった。その件を、光流が苦にしていないはずはない。勝ち負けにこだわる子ではあったけど、こころ優しい子でもあったから。

「じゃあ、急いで。いまから埼玉《さいたま》に戻れば、今日の公式練習には間に合うし」

「はい。それに、ちょっと休みたいですね。もっとも、みんな怒っているだろうし、質問攻めにあいそうだけど」

「ここから埼玉までだと三百キロ近くあるな。車の運転、大丈夫か？　俺が付き添ってやろうか？」

横で聞いていた和馬が聞く。光流は笑って首を横に振った。

「それくらいの距離なら、アメリカでよく走ってるし」

「おまえ、アメリカでも運転してるのか？」

「うん。アメリカは車社会だしね。ないと生活できないよ。それに、俺、ドライブ好きだからさ。ストレス溜《た》まると車に乗って気分転換するんだ」

「へえー。それでファンに気づかれたりしないのか？」

「リンクから離れてしまえば大丈夫。アメリカじゃフィギュアはマイナースポーツだし、そもそもアジア人の顔の区別がつかないやつも多いし」

「ふーん、じゃあ、アメリカの方が気楽だな」

「残念ながらそういうこと。俺、日本大好きだけど、ほっとするのはアメリカだな。じろじろ見られたり、写真撮られたりすることもないしね」

横で聞いていた私は、ほっとした。アメリカに渡って十年、光流は光流なりの息の抜き方を覚えたのだろう。アメリカであれば、映画を観に行ったりふつうに食事するくらいはできるのかもしれない。

「そういえばおまえ、週刊誌にも書かれていたしな」

「ああ、あれ、悪かった。亜子にはほんとうにすまなかった、とおまえからも伝えてほしい」

「大丈夫だよ。亜子はいつも俺たちの集まりで幹事をやってくれていただけなのに、あんなふうに誤解されるとは思わなかったな。でも、亜子は気にしていない。むしろ面白がっていたよ。川瀬光流の恋人に間違われたなんて、超ウケるだってさ。おまけに、焦った彼氏にプロポーズされたらしい。災い転じてなんとやらだよ。まったく週刊誌なんていい加減なもんだよな」

「だよなー。勝手にいろいろ物語を作ってくれるし」

「で、どうなの、おまえ？　彼女のひとりくらいはいるのか？」

　私は思わず気配を消して、耳をそばだてた。

「いまはいないな。五輪シーズンになると人づきあいも面倒になるし、連絡も取らないから、自然消滅ってパターン」

「へー、五輪金メダリストを振る女もいるのか？」

「おまえも好きだな。どっちにしても別れたんだから、関係ないよ。それにいまは自分の演技だけで頭がいっぱいだ」

　ああ、そうか。光流は光流なりに、ちゃんとやることやっているんだ。二十七歳の男の子だもの。ファンの王子さまであり続けるだけでは可哀《かわい》そうだ。

「ところでおまえ、ここに来ること、誰かに言ってきた？　今頃大騒ぎになってるんじゃないの？」

「なったらなったで仕方ない。叱られるのは覚悟してるよ。昨日ジャクソンにはメールしておいた。今日になってプログラム変更をいきなり知る、というんじゃ申し訳ないし」

「怒っていただろう？」

「たぶんね。だけど、結局はジャクソンもわかってくれると思う。今シーズンのショートが試合でうまくいかないのはわかっていたし、アイスショーでこの曲を滑るのを観ていたからね」

「だったらさあ、もっとうまいやり方があったんじゃないの？　今頃きっとおまえのおふくろ、ショックでぶっ倒れているかもしれないよ」

「そうかもしれない。心配性で、俺のことをいつまで経っても小さな子どもみたいに思っているから」

「それで、ストライキってわけ？」

和馬の言葉に即答できず、光流は唇をぎゅっと引き結んだ。それから、おもむろに返事をする。

「そういうわけじゃないけど、母を論理的に説得する自信がないんだ。母に泣かれたら俺、決意が鈍ると思うし」

光流は何かを思い浮かべるように、遠い目をした。

「なぜ？　親から自立しようと思っているのに？」

「それはそうだけど、俺、母に負い目があるし」

「負い目？」

「母はずっと俺のためにだけ生きてきた。本当に献身的に尽くしてくれたんだ。だから、母の願いはなるべく聞いてあげたいと思っている。だけどね、こればかりは通したかったんだ。自分が自分のスケートを取り戻すために」

「自分のスケートを取り戻す？」

「ショートで与えられた『別れの曲』、いい曲だけど俺の曲じゃない。なぜそう思うのか、ずっとわからなかったし、だからみんなを説得できなかったんだけど、『AKIRA』を滑ってわかった。最後の五輪、みんなとの別れを惜しみながら滑るっていうのは、俺じゃないんだ。俺、五輪で引退するなんて決めてないし、後ろを振り返って懐かしむなんて気持ちもない。前を向いて、常に戦っていたいんだ」

「五輪の後、まだ続ける気か？」

「それはわからない。五輪が終わったら、もうこりごりだと思うかもしれない。だけど、その瞬間まで俺は前向きでいたい。常に自分の限界に挑戦し続けたいんだ。この曲は確かに難しい。曲が滑りを助けてくれない。完璧《かんぺき》に滑らないと観る人を感動させることはできない。いままでも最大級に難しいし、だからこそ成功すれば凄《すご》いものになる。演技構成点は、これまでにない高い数字が出るはずだ」

横で聞いていた私はびっくりした。光流はそんなにも強い想《おも》いでこの曲を滑ろうと思っているのか。

やはり光流は凄い。金メダリストという地位に甘えることなく、自分のスケートをさらに極めようとしている。我が教え子ながらあっぱれだ。

「黙っていなくなったのは悪かったと思っている。だけど、どうしてもこの曲で全日本を滑りたかった。そこでうまくいけば、みんなもわかってくれる。俺の本気だという気持ちを、ジャクソンや母にも理解してもらいたかったんだ。だから」

「おまえの気持ちはわかるよ。行動することでしかわかってもらえないこともあるからな」

「うん。これが最後の五輪になるだろうから、ここでは自分に嘘《うそ》を吐《つ》きたくなかった。自分がこころから滑りたいという曲で滑れば、勝っても負けても悔いはない。だけど、納得できないプログラムを演じて、それで負けたら後悔すると思うんだ」

「そうかもしれないな」

和馬はうんうん、とうなずく。

「俺らしくない曲かもしれない。だけど、わかってくれる人はわかってくれる。ショーの観客の反応を見てそう思ったんだ」

「なるほどね。ファンを信じているってわけか」

「傲慢《ごうまん》だと思うか？」

「いや、逆。いいんじゃないの？　こんな難しい曲をこんなにカッコよく滑ることができるのは、おまえしかいない。それに絶対おもしろいよ。オリンピックでこれ滑ったら、きっとウケると思う」

「そう言ってくれると嬉しいよ」

光流はこころから嬉しそうに微笑んだ。ファンを意識した職業スマイルではなく。

「まあ、俺もおまえのファンといえばファンだからな。おまえがいなかったら、俺だってこの年までスケートやろうと思わなかったから。おまえが現役の間は俺も現役で頑張るよ」

今年、和馬は東日本選手権に出場し、あとひとりというところで全日本出場を逃していた。今季で引退かとささやかれていたが、まだまだ続けるつもりらしい。

「和馬は偉いよ。ちゃんと就職して、スケートも頑張っていて」

「おまえだって働いているじゃないか。おまえの場合、スケート滑ること自体が仕事になっている。それはそれで羨《うらや》ましいよ」

「滑ることが仕事。そうだね。好きなことでこれだけ稼げているんだから、幸せなんだろうな」

「たいへんそうだけどね」

和馬の言葉を聞いて、光流はふっと遠くの方に視線を向けた。

「ほかの人生を知らないからわからないけど、けっこうたいへんだよ。川瀬光流を続けることは」

「だろうなあ。俺、おまえと代わりたいとは絶対思わない」

「うん、俺も。俺は川瀬光流という人生を悔いなく生きたい、それだけだ」

光流の言葉を聞いて、私は思わず、ぱちぱちと手を叩いた。

「いいね、若者たち。だけど、そろそろ行った方がいいんじゃない？　整氷車が入るみたいだし」

遠くからウィーンという整氷車のモーター音が聞こえていた。

「あ、いけね。着替えて出発しないとね。今日の公式練習には出たいと思うし。先生はどうされます？　僕と一緒に車で行きますか？」

一瞬それもいいかな、と思った。車の中で光流といろいろ話をするのも楽しいかもしれない。だけど、すぐに考えを変えた。光流と一緒に会場に行ったら、いままでどうしていたか、なぜ連絡しなかったか、みんなの質問攻めにあうだろう。運営委員の人たちはやきもきしているだろうし。それに巻き込まれるのはちょっとごめんだ。

「やっぱり私は電車で行くわ。そっちが早いと思うし。会場で会いましょう」

大会期間中、私は会場入りして振付した選手たちのチェックをすることになっている。だから、私も公式練習に立ち会うつもりだ。

「じゃあ、ここで解散ということで。先生、和馬、ありがとうございました」

そう言って、光流はぺこりと頭を下げた。

「お礼なんていい。それより、ちゃんと結果出してくれよ。じゃなきゃ、おまえの秘密計画に協力した意味がない」

「まかせろよ。俺を誰だと思ってる？　川瀬光流なんだぞ」

そう言って光流は晴れやかに笑った。そのさわやかな笑顔に胸がちょっとときめいた。

ああ、この笑顔にファンはやられちゃうんだろうな、と私は思っていた。

エピローグ

「たいへん申し訳ないけど、浜村《はまむら》さん、明日の休みは取り消しにしてくれない？」

主任の三木《みき》さんに突然言われたのは、深夜勤務が始まる直前だった。いつもより早めに職場に着いて、これから着替えようとするとき、主任に呼ばれたのだ。

「えっ、でも私」

明日は全日本ショートの日だ。今日これから徹夜で仕事をして、朝九時に勤務が終わって自宅に帰る。その後、しばらく仮眠を取ってから夕方には会場入りする。男子ショートが始まるのは十六時頃。できれば男子ショートの前に始まるペア競技から観《み》たいけど、それは身体《からだ》の疲れとの相談だ。光流くんの出場する最終グループの演技が始まるのは十九時過ぎだから、ゆっくり休んでも十分間に合う、と思っていた。

「日野《ひの》さんの件、聞いたでしょ？」

「いえ、何かあったんですか？」

看護師のひとり日野浩子《ひろこ》は、職場でいちばん仲のよい看護師だ。光流のことも、浩子だけにはこっそり打ち明けていた。

「虫垂炎《ちゅうすいえん》なの。それほど強い痛みではないのでしばらく我慢していたけど、今日の午後急に痛みが強くなって、もしかしてと思って近所の病院で診てもらったら、腹膜炎を起こしかけていて即入院ですって」

こんな時に。

私は目の前が真っ暗になる思いだった。確かに昨日会った時、「なんか、おなかの調子が悪い」とは言っていた。まさか、虫垂炎だったとは。

「急なことなので、人数の調整がつかないのよ。今日が夜勤なのに続けてで申し訳ないのだけど、明日の準夜勤、お願いしたいの。代わりに明後日《あさって》は休みにしていいから」

準夜勤というのは午後五時からその日の深夜、午前一時までの勤務のことをいう。会場がいくら近くても、これでは観戦は不可能だ。

「あの、明後日は日勤でも夜勤でも入りますから、明日の午後だけは休ませてもらえませんか？」

「そうできればいいんだけど、ほんとにたいへんなのよ。いろいろシフトを組み替えたんだけど、ほら、明日はクリスマスイブでしょ？　夕方には帰りたいっていう人ばかりで。もし、調整できるとしたらあなたか、師長だけなんだけど」

しまった、クリスマスには予定がない、と言ってしまったんだ、と私は思った。

主任はこういう時のために、あらかじめみんなの予定を聞いていたのかもしれない。主任も家族持ちなので、家族の行事がある人には無理強いはしない。シフトが空いていて独身なのは、私と師長だけ。でも、師長はここのところ忙しい。通常の業務に加えて、病院が進めているホスピスの設立にも関《かか》わっているからだ。シフトの入っていない日も、そちらの会議や研究会に忙殺されている。私はダメだから師長にお願いしたい、とはとても言えなかった。

それに、そうなると明日入れない理由も言わなければならない。だけどスケートに興味のない人に、どうしても観戦したいという気持ちをわかってもらえるとは思えない。私にとっては生きる喜びでも、みんなにとってはただのスポーツイベントに過ぎないのだ。

「……わかりました」

私はそう答えるしかなかった。主任はみるみる安堵《あんど》した表情になった。

「助かるわ。急なことで申し訳ない。この埋め合わせはどこかでするから」

主任はそう言ってくれるが、埋め合わせなんてできっこない。私が光流くんの試合を観られるのは、これが最初で最後のチャンスだったのだ。

思わず涙が出そうになったのを、歯を食いしばってぐっと堪《こら》えた。ここで泣くわけにはいかない。そのまま小走りで奥の更衣室に行った。ほかの夜勤の人はまだ来ていない。

更衣室に入る。自分のロッカーを開け、鞄《かばん》を置いてナース服に着替えようとすると、スマホにLINEの通知があった。浩子からだ。

『アホだわー。ちょっとおなかがおかしいとは思っていたけど、虫垂炎だとは思わなかった。わざわざ別の病院にしてよかった。腹膜炎を起こしかかっているから即入院だって』

不調があっても、たいていみんな別の病院で診察を受けたがる。知っている先生や看護師に身体を見られたり、病状を知られるのは恥ずかしいからだ。

『うん、聞いた。お大事に』

『ところで、シフトはどうなるの？　麻美《あさみ》が私の代わりってことないよね？』

それを見て、涙があふれた。やっぱり浩子はそれを気にしてくれていたのだ。

『それは大丈夫』

私は嘘《うそ》を吐《つ》いた。病気でつらい浩子に、責めるようなことを言いたくなかった。

『よかったー。じゃあ、明日は試合観戦できるんだね？』

『だから心配しないで。それより浩子の方こそ、お大事にね』

それだけ書くと、スマホを閉じた。そして私は少し泣いた。

夜勤は忙しかった。夜勤は人数が少ないので通常業務だけでも忙しいのだが、担当していた患者さんが亡くなったのだ。人手がないのでエンゼルケアつまり死後処置を私ひとりで行うことになった。家族にもいろいろ聞かれ、説明しているうちにいつの間にか朝が来る。

朝食後に配る入院患者全員分の薬を準備する。そのうち患者さんたちが起き出すので、洗面を手伝う。朝食を配り、配膳を手伝う。片づけを終えて、看護記録をつけているうちに日勤の人たちが出勤してくる。そうしてようやくひと息吐《つ》くことができる。

こういう時は忙しいのがありがたい。自分自身のことなど気にせずに済む。仕事に没頭している間は、試合に行けない悲しみも忘れていられた。

朝のミーティングで申し送りをし、更衣室で私服に着替えると、長いようで短かった夜が終わった。疲れてぼーっとしているので、がっかりした気持ちもあまり感じずに済んだ。家に帰ってひと寝入りし、全日本の中継をテレビで観たら、きっと号泣するだろう。

病院を出て、大通りの脇《わき》の歩道をとぼとぼ歩いて行く。時間は九時半を回っている。街も目覚めて活動を始めている。駅が近いので、駅から吐き出された人たちがこちらに向かって歩いてくる。私は逆に駅へと向かう。ほかの人たちはこれから仕事や学校や、さまざまな活動を始めるのだ。私とは生活リズムは逆なのだ。

四年前までつきあった彼とも、それが理由で別れた。仕事が不規則なので、友だちと旅行するのもままならない。こんなに頑張っているのに、なんで私は試合に行けないのだろう。たったひとつの楽しみなのに、なぜそれさえかなわないのだろう。

ふと、耳に『全日本選手権』という言葉が飛び込んできた。そちらに視線を向けると、電気屋のウインドウのテレビに、朝のワイドショーが映っていた。こぎれいなアナウンサーがにこにこしながらアナウンスする。

『朝の公式練習には、川瀬光流《かわせひかる》選手が元気な姿を見せてくれました。いま、入ってきたばかりの映像です』

それを聞くといたたまれなくなって、私は足を速めて店の前を通り過ぎた。歩きながら涙がぼろぼろとこぼれ落ちる。すれ違う人が私を見てはっとした顔をするが、自分の悲しみでいっぱいになっていたので、それを気にするどころではなかった。

行きたかった、ほんとに行きたかった。

それだけを励みに、このひと月頑張って来たのに。

堪えようのない嗚咽《おえつ》に口元を押さえる。

その時、バッグの中のスマホが、私の悲しみを遮るように鳴り響いた。

こんな時に電話なんて。

反射的に切ろうとしてスマホを取り上げたが、発信者の名前を見て、驚きのあまり涙が引っ込んだ。

南《みなみ》師長

スマホはそう告げている。師長から直接電話をもらうなんて滅多《めった》にない。こんな時間に電話が来るなんて、緊急事態でも起こったのだろうか？

慌てて電話に出ると、南師長がいつもの落ち着いたアルトの声で言った。

「南です。あのね、今日の準夜勤のことだけど、私が代わるからあなたは出なくてもいいです」

「もしもし、浜村です」

「えっ、どうしてですか？」

唐突に言われて面食らった。なぜ、師長がそんな風に言ってくれるのか、訳がわからなかった。

「今日は大事なスケートの試合があるんでしょ？　あなたはそっちに行きなさい」

「なぜ、師長がそれを」

あまりに急な展開で、夜勤明けの私の頭ではついていけない。全日本に行くことは浩子以外知らないはずだし、ましてそのために師長がシフトを代わってくれるという理由がわからない。

「日野さんから連絡もらったの。あなたが楽しみにしていたのに、自分のせいで行けなくなったら申し訳ないって」

「それで、師長が？」

さらに話がわからない。なぜ浩子がそんなことを師長に言うのだろう。師長はなぜ私にそこまでしてくれるのだろう。歩道の真ん中で立ち止まっているので、後ろから何人もの人が私を追い抜いて行く。

「あのね、実は私、ヅカオタなのよ」

ヅカオタが宝塚愛好者のことだ、と気づくのに、少し時間が掛かった。師長の語彙《ごい》にそんな言葉があるとは思わなかったのだ。

「もう五十歳過ぎているのに、恥ずかしいでしょ。それでずっと黙っていたけど、ファン歴三十年の筋金入りなのよ」

「恥ずかしくなんかありません。スケオタには五十代の人も六十代の人もいます。いくつになっても、好きなものがあるっていいことだと思います」

「そう、お互い推しがいれば、その気持ちはわかるわね」

真面目《まじめ》一方だと思っていた師長から、推しという言葉が出るとは思わなかったので、私はさらにびっくりした。

「だけどまあ、世間体ってものもあるから職場では黙っていたの。一応師長という肩書もあるしね。うっかりプライベートな話をするとボロが出そうだから、個人的な話もなるべくしないようにしていたし」

そうだったのか、と私はやっと理解した。師長がプライベートな話を避けるのは、自分自身のことを詮索《せんさく》されたくなかったからなのか。

「それなのにね、去年東京の劇場の前で出待ちをしていた時、日野さんにばったり会ってしまったのよ。腕には推しに贈る花束を持っていたし、ごまかしようがなかった。日野さんも手作りの団扇《うちわ》を持って、自分の推しのライブに行く途中だったの。お互い顔を見合わせて大笑いしたわ。以来日野さんとは同盟を結んで、このことはみんなには内緒にしておくことにしたの」

そういうことだったのか。口の堅い浩子は、私にもそれを言っていなかった。こっそり教えてくれればよかったのに。

「だからね、あなたの気持ちはすごくわかる。フィギュアスケートのチケット取るのは、宝塚より難しいもんね。それに川瀬光流ももうすぐ引退でしょ。それは絶対観に行かなきゃ」

「ほんとうにいいんですか？　師長もお忙しいし、お疲れでしょうに」

自分の仕事を師長に押しつけて、観戦に行ってもいいものだろうか。それを知ったら、周りの人はなんと思うのだろう。私はまだ迷っていた。

「あのね、いつまでも推しがいると思うな。推しは観られる時に観ておけ。ヅカオタならこれは常識。引退した後から嘆いても遅いのよ」

その言葉はぐっと胸に響いた。

この機会を逃せば、もう光流くんの試合は観られないかもしれない。観られる時に観ておかなければ、あとはないかもしれない。

「行きたいの？　行きたくないの？」

じれったそうに師長が尋ねる。

「行きたいです。私、全日本に行きたい！」

そう言った途端、涙があふれた。

「私、光流くんの試合を生で観たい。観たいんです」

叫ぶように言うと、抑えていた気持ちがあふれた。

私はずっとずっと光流くんの試合姿を観ることを望んでいたのだ。

そして、ぼろぼろ涙がこぼれた。

「行きなさい。私が許す。私は師長なんだからね」

「ありがとうございます。ありがとうございます」

涙は後から後からこぼれた。言葉はそれ以上出てこなかった。師長や浩子の優しさが胸にしみて、涙が止まらなかった。

年末年始はあっという間に過ぎ、一年で最も寒い季節になった。

患者さんの車椅子《くるまいす》を押しながら、私はテレビのあるロビーに来た。すでにロビーはオリンピックのフィギュアスケートを観ようとする患者さんでいっぱいだった。

ここでオリンピックを観るのは二度目。仕事中だけど、患者さんの付き添いということで、みんなも見逃してくれる。

「あ、浜村さん、来た来た。ほら、こっち空いてるから、もっと前に来なさい」

私の担当の女性患者さんが、手招きしてくれる。私は車椅子を押して、そちらへ近づいて行く。

「間に合った。ほら、この選手の次は光流くんだよ」

ほかの患者さんが私に声を掛けてくれる。別の患者さんたちも言う。

「浜村さん、川瀬君のファンだもんね。しっかり観ておかなきゃ」

「浜村さんが遅れるんじゃないかと、ひやひやしたよ」

「ありがとうございます」

私は患者さんに微笑《ほほえ》み返した。私は光流くんの演技が始まる時間をちゃんと把握している。私ばかり抜けるのは悪いので、ぎりぎりまでほかの仕事をしてから、ロビーにやってきたのだ。

全日本を観に行った後、私は光流くんのファンであることをカミングアウトした。みんなはそれを温かく受け入れてくれた。馬鹿《ばか》にするような雰囲気は微塵《みじん》もなかった。「あの子は凄《すご》いからね。ファンになる気持ちはわかるよ」と言ってくれた男性の患者さんもいたし、なかには「実は私も」と告白する同僚もいた。ファンでない患者さんも「これ、お店で配っていたから」と、光流くんの写ったクリアファイルを持ってきてくれたりする。光流くんのおかげで柔らかい繋《つな》がりが私の周りに生まれていた。

ロビーは四年前より多くの人がいた。長椅子に詰めかけた人たちの熱気は、前回のオリンピック以上だ。みんな、光流くんの活躍を楽しみにしているんだなあ、と思って胸が熱くなる。

前の選手の演技が終わって、リンクサイドに待機中の光流くんがアップになった。引き締まったいい表情をしている。ジャクソンコーチが何か告げると、わかった、というように大きくうなずいている。

『川瀬光流のショートは「AKIRA」のテーマ。この前の全日本選手権で初披露でしたが、みごとでしたね。国内の試合なので参考記録でしたが、世界最高得点を更新しています』

アナウンサーのしゃべりに解説者が補足する。

『二十七歳になってもまだ世界最高得点を更新できる。これは驚異的なことです。まだまだ川瀬選手は進化を続けているんですね』

『しかも、この時期での曲変更。川瀬選手の勝負に賭《か》ける意地を見た思いでした』

そう、私もその会場にいたのだ、と誇らしい気持ちになる。全日本のショートはほんとうに素晴らしかった。あの時の映像を、あれから何度観たことだろうか。


光流くんが登場した瞬間、何か異様なオーラが会場を包んだ気がした。そして、音楽が鳴る。『別れの曲』ではない、アイスショーで観た『ＡＫＩＲＡ』のテーマだった。最初の破裂音に合わせて光流くんが滑り出す。

単純なリズムに絡みつく人のささやき、溜息《ためいき》、掛け声、歌。

私の席は二階席の前から二番目。光流くんの作り出すトレースがよく見えた。

光流くんは音の微妙な変化を掬《すく》い取り、速く遅く、直線から円形に、複雑にステップを刻む。長い手足を振り、身体全体でリズムを表す。

音の強弱に合わせて巧みに織り込まれたジャンプ、スピン。ステップからの途切れがまったくなく、音の一部のように溶け込んでいる。

観ているうちに不思議な感覚になった。

試合会場ではなく、そこがあたかも神聖な空気に包まれた神殿であるように思えてきたのだ。

光流くんの舞は演技ではなく、神に捧《ささ》げる舞踊。

リンクの上に天から降り注ぐ光が見えた気がした。

なんという演技だろう。

私はまばたきするのも忘れて、ただただ光流くんの姿を追っていた。

最初は息を殺して見つめていた観客も、最初のジャンプが決まったあたりから次第に手拍子を始めた。ジャンプが決まるたびに拍手が起こり、最後のスピンではもう手拍子から大きな拍手に変わっていた。

終わった瞬間、会場全体をとどろかす大きな歓声。みんな一斉に立ち上がった。

私もすぐに立ち上がった。

凄いものを観た。身体中鳥肌が立った。

手に持っていたバナーが震えた。後から後から涙があふれていた。

リンクに向かって、花束やぬいぐるみが雨あられと降り注いでいた。

終わった後、会場の外に集まった友人たちも、あんな演技は初めて観た、とみんな興奮していた。彼女たちは何度も光流くんの演技を生で観ていたから、やはり今日は特別だったのだろう。

「テレビを観ていた友だちによれば、アナウンサーが途中から何も言わなくなったんだって。終わった後『これはたいへんな演技です。私たちは伝説の目撃者になりました』と、言ったそうよ」

「今日の実況、誰だっけ？　大西《おおにし》アナ？　さすが、わかってるね」

「あれ、このプロトコル、すごい」

スマホを観ていたひとりが言う。

「満点が並んでいる。このジャッジ誰《だれ》だろう？　えっ、神谷紀久子《かみやきくこ》？」

「ふうん、辛口の採点をする人だと思っていたけど、出す時には出すんだね」

「あれだけ素晴らしいものを観たら、誰でも納得するよね」

そう言って、私たちは笑い合ったのだ。


「そろそろ光流くんの演技が始まるね」

患者さんが私の顔を見た。私もにっこり微笑み返す。

テレビの中では、光流くんの前に滑った選手の得点が出ていた。選手は満足いく点数だったのだろう。笑顔でコーチと握手していた。

画面が光流くんに切り替わる。ジャクソンコーチは氷の上の光流くんに「行ってきなさい」というように肩を優しく叩《たた》く。光流くんはコーチの目を見て「まかせて」というようにうなずく。

会場に名前がコールされた。

光流くんがリンクの端から、滑り出しの位置へと向かう。場内に大きな歓声が起こる。真打登場というように、会場いっぱいに光流くんの名前が響き渡る。

病院のロビーでもみんなが拍手をする。

「頑張れよー」という声援が起こる。

私は思わず両手を合わせて祈るような格好を取る。


光流くんが思うような演技ができますように。

いま持てるすべての力を出し切れますように。


みんなのすべての期待を背負って、光流くんがリンクの中央に立った。

その姿は力強く、名前のように唯一無二の輝きを放っていた。

＊本作品はフィクションであり、実在する人物・団体等とは一切関係ありません。

〈謝辞〉
本書の執筆に際しまして、佐藤操氏　前波卓也氏に、大変御世話になりました。
この場を借りて御礼申し上げます。

【解 説】

栄光のフィギュアスケート

槇村さとる

ころんでも　笑っちゃった
ジャネット・リン。世界を魅了。
札幌五輪 1972
それにしても
このショット
今はもう
ヤバイす。

『跳べ、栄光のクワド』は天才スケーター川瀬光流を中心に、彼の周りを守り支える人々の物語である。ジャッジ、アナウンサー、トレーナー、母親、振付師。外の世界からは見えにくい彼らの存在にスポットライトをあて、それぞれの人間ドラマを描きながら、同時に中心にいる川瀬光流という青年を浮かび上がらせるという構造を持っている。これはなかなか面白い趣向だ。

一人一人は濃い問題を抱えながら、スケートファミリーの中の自分以外のキャラクターとすれ違ったりする。が、ひどいもつれなどはない。全員がただひたすら光流というスケーターを愛する。全員のベクトルが光流に向かう。

しかしその光流自身は、あっさりケロリとしている感じがあってホッとした。ちょっと笑えた。

神谷さん
私の考える
光流くんは
けっこう やんちゃ

『跳べ、栄光のクワド』はフィギュアスケート業界を舞台にしたお仕事案内小説でもある。フィギュアファンはもとより、お仕事について考える人も読むと楽しい。フィギュアスケートの漫画を描いている私にとっては「うわすごい資料だこれ!」って感じ？（碧野先生ごめんなさい！）

長い時間にわたってフィギュアスケート好きでい続ける私にとっては、作中の神谷紀久子は生々しい存在に思えた。

「青春のすべてを犠牲にしてスケートに打ち込んでいる彼らの努力に、正当に報い

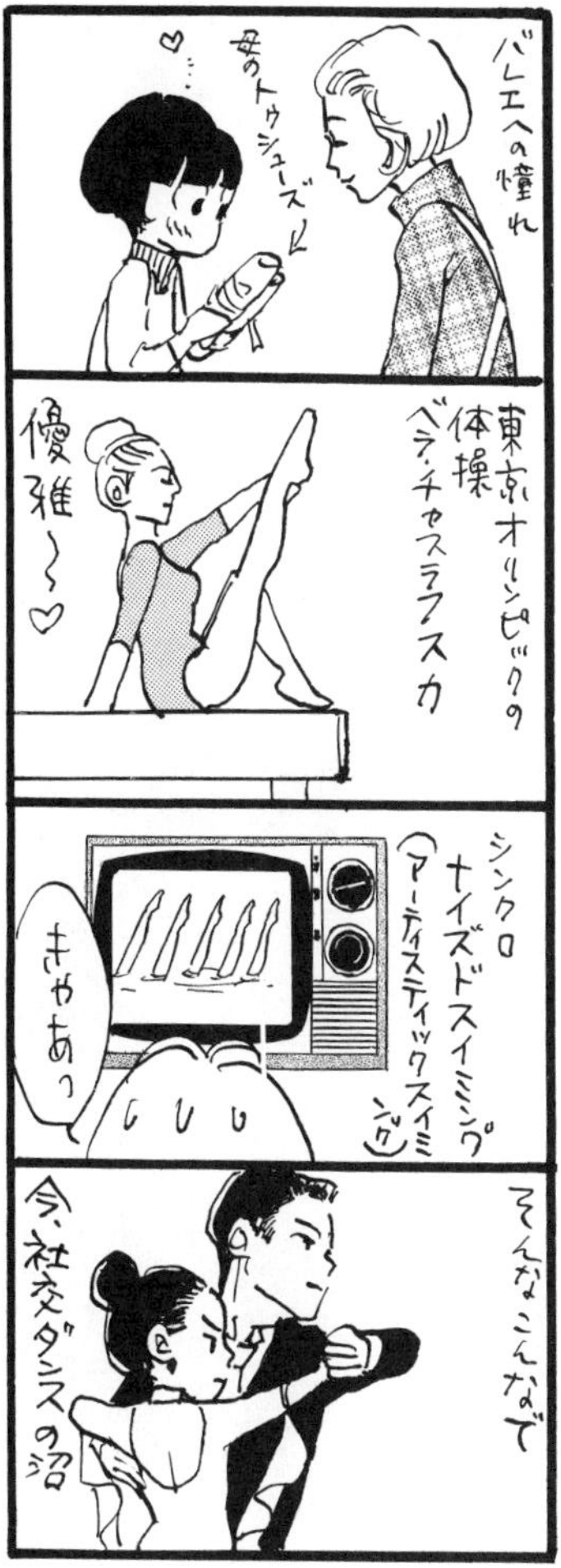

たい」と思う女性。私生活の苦しさや葛藤と闘いながら選手たちを支えようとするその愛情の力学というか……共感♡

どんな業界であってもスターの登場は希望だ。今までそれを知らなかった人々の目をもひきつけ、釘付けにするスター。私にとっては札幌五輪のジャネット・リン選手がそれでした。当時の日本の人々がフィギュアスケートに対して抱いていたイメージをくつがえした。冷たい氷の上を、こわごわ滑るスリルだらけの競技、を、一気に温かくしてしまったのだ。笑顔で。

今見てもなめらかで美しく楽しそうな滑り。健やかでナチュラル。人間の「チャーム」について、表現芸術について、そのあとずっと考え続けることになる私の前

その昔
「コンパルソリ」という
図型を描く種目が
ありましたの
観戦するには
たいくつなので(?)廃止

でも基礎であることには
かわりない。

に最初に現れた「天使」！

長じて漫画家となった私はデビュー後はじめての連載をやらせてもらうことになった時、ひとつもネタの持ち合わせがなく、もうヤケッパチで「フィギュアスケート、描きます」と言ってしまった。何も、知らないのに。ただ、好きでずっと見ていたから……というのを頼りに。幸いにもヒットして、ホッ。

当時フィギュアスケートの業界はホントに小さな小さな業界で、閉じているし、情報だって

女子をノーサツ キャンデロロ
表現力とは
アピール力
音楽をつかむ力
振付の独創性
ドラマを演じる力
個性……と
白石和己著
「五十歳文男の華麗なるフィギュアスケート」より

今では信じられないくらい、何もなかった(笑)。それから40年以上たっても、私はフィギュアものを描いている。

一体フィギュアスケートって私にとって何!?

フィギュアスケートは採点競技です。昔から技術点と芸術点のふたつの視点からジャッジされていて、基本的には今も変わらない。

原初の人間の表現とはどんなだっただろう? と考えると、赤ん坊が泣いたり笑ったり、バタついていたり、跳んだりぐるぐるしたりする、喜怒哀楽だと思う。ナチュラルで、かわいくて、ありのままで完ぺき。

そこに「もっと」という欲が出てくる。もっと伝えたい、もっと跳び、回転し、叫びたい、と、テクニックの探求へと人を向かわせる。

ひとりぼっちのリンクってこわくないですか?

目的は人に感動を伝えることだったのが、いつのまにか技術と表現に分かれてしまった。実際のところそうでもしないと教えきれない。

しかしだ。

料理を味と素材に分けてあつかう人なんていないし、漫画をセリフと絵に分けて読む人もいない。イミがない。

一度分けてしまったものをまた合わせるのも大変だ。ただ合わせるのでは「へたっぴい」で、次元を上げて技術と芸術がはじめて融合するのだ。もとはひとつなのにむずかし〜〜。

それを難しいともなんとも思

社交ダンスから
生まれたアイスダンスは
基本のステップ有。
ペアもカップル
競技好き♡
小さなロドニナの
存在感の強さに
びっくり。
グリシューク プラトフの
「リベルタンゴ」
ペア
ロドニナ
ザイチェフ組
レイクプラシッド

わずに、

「フィギュアはフィギュア、ひとつでしょ」

と思っている選手が勝ち残っていく選手でしょう。


私はチャーミングな人間が好き。開かれた人が好き。コミュニケーションを取ることを必要とする人が好き。そういう人の表現に触れて心を揺さぶられる。

そういう選手が飛ぶジャンプはアートだろう。観る人の心にダイレクトに飛び込んでくる演技をするだろう。

長い時間、表現芸術という河のほとりですごしているうちにババアになった私は今、クワドアクセルジャンプを見ている。そして待ちのぞんでいた日本スタイルのアイスダンスを見ている。すごいな人類。

そのすごい人たちを支える業界の人々にも思いをはせる今日このごろです。

（まきむら　さとる／漫画家）

――本書のプロフィール――

本書は、書き下ろし作品です。

小学館文庫

跳《と》べ、栄光《えいこう》のクワド

著者 碧野《あおの》 圭《けい》

二〇二二年二月九日　初版第一刷発行

発行人 飯田昌宏
発行所 株式会社 小学館
〒一〇一-八〇〇一
東京都千代田区一ツ橋二-三-一
電話 編集〇三-三二三〇-五八二七
販売〇三-五二八一-三五五五
印刷所――――大日本印刷株式会社

ISBN978-4-09-407116-0